JN092525

天才第二王子は引きこもりたい

【穀潰士】の無自覚無双

柊彼方
Hiiragi Kanata

illust.
ぺんぐぅ

CHARACTERS
―主な登場人物―
ステラ
ニートの初めての友人。
とある秘密を抱えており……
ロイ
ニートの級友の特待生。
優秀ながら実家がワケあり。
ニート
アストリア国の第二王子で、
自称【穀潰士】の
心優しい引きこもり。
魔術を創るのが得意。
テト
ニートが拾った小動物。
犬か狼か……種族不明。

ルーグ

ニートの担任教師。

ソフィア

大公の一人娘。
前生徒会長。

アレク

ニートの兄の第一王子。
現生徒会長。

～アヴァドーラ王家～ ニートとアレクの家族

グレイ王(父)

シャーロット王妃(母)

アーシャ王女(妹)

プロローグ

この世は実力至上主義。

実力がこの世の全てを制し、この世の全てを語る。

この世界を構成している五大国は今もなお、睨み合いを続けていた。

現在は休戦状態になっているものの、いつまたどこで火種が燃えるかは分からない。

だから、どの国も軍事開発に力を入れている。

国は武力を欲し、強力な魔術師や戦士、あるいは裕福な商人などが持て囃されるようになった。

人々も社会のルールを理解して、腕に自信のある者は戦闘職の道を、賢い者は商売や軍事研究の道を自然と志すようになっていった。中には地位を築いた人間に取り入る者もいる。

そうして生まれた風潮が、絶対的な実力主義というわけだ。

いたって単純ながら正しい考えだと思う。

ただ誰かより強ければいい、誰かに勝っていればいい。

でも——それの何が良いんだ？

あまりにも物騒な世界だ。そして何より面白くない。

普通の子供ならば、魔術師や剣士になって将来活躍する己の姿を夢見るのだろう。

けど、俺は違う。

暑苦しいことはしたくないし、しんどいこともしたくない。

辛いことなんてもってのほかだ。過酷な訓練や修業なんて普通に死ねる。

涼しい部屋でゴロゴロしたいし、甘いものもたくさん食べたい。

戦いなんて危険なことは絶対にしたくなくて、毎日だらだらと生きたくて。

穀潰しのように、ただ飯だけ食って楽に人生を謳歌したい。

だから俺は誰よりも、あの職業に憧れた。

穀潰しならぬ、『穀潰士』に――

これは俺が最高の引きこもりになるまでの物語だ。

――アストリア国第二王子　ニート・ファン・アヴァドーラより

一章　引きこもりの第二王子

「ニート！　部屋から出てこい！」

ドンドンドン、と扉を叩く音とともに、朝から野太い怒号が響き渡る。

俺はいつものように、そんな怒号を目覚まし代わりに瞼（まぶた）を開けた。

ベッドに手を突き、ゆっくりと体を起こす。

「この穀潰しが！」

さて、ここから数分は一方的な説教が続くので、先に自己紹介でもしておこう。

俺の名はニート。一応この国、アストリア国の第二王子だ。今年で十六歳になる。

アストリア国はこの大陸の東南に位置し、海と山に囲まれた自然溢れる国だ。

しかし別名、発明の国と呼ばれるほど文明は発展しており、戦闘職の八割は魔術師という、魔術が発展した国でもある。

大陸にはあと四つの大国が存在し、そのどれもと我が国はピリピリした関係だ。

大陸の西端には巨大な森林が広がっていて、その先に何があるのかは分かっていない。森の向こうから何かが来たという話も聞かないし、今のところ、この世界にあるのは五つの大国だけ、と言っていいだろう。

そして、扉の向こうで怒鳴りちらしているのが父であり、アストリアの現国王――グレイ・ファン・アヴァドーラだ。

「今日こそは外へ出してやる！」

別に俺は自分の部屋に引きこもっているわけではない。

親や兄弟とだって毎日のように顔を合わせている。

しかし、王城からはここ十年ほど出たことがなかった。

暑いのは嫌いで、歩くのも嫌いで。だから太陽の下に出るなんてありえない。

それだけが理由というわけでもないが……要するに、俺は傍から見れば飯だけ食って何もしない『穀潰し』というわけだ。

当然、親としては息子がそんな状態であることを許せるはずもなく、こうして国王の父が毎朝、わざわざ説教と一緒に起こしに来てくれる。

「まぁまぁ、あなた。ニートちゃんも少しは努力しているんですから、そんなに怒らないであげてください」

そして、そんな父を毎度諌めてくれるのが、母のシャーロット・ファン・アヴァドーラだ。

母は引きこもりの俺の数少ない理解者の一人でもある。何故なら、

『だって王様と結婚したら一生楽出来るじゃない？』

母はそんな理由で、当時第一王子だった父を惚れさせて王妃になったためだ。

当然、並大抵の努力では、平民の女性が王族と結ばれることはない。本当にその行動力とぐうた

ら精神は尊敬に値する。

まぁ途中から母も父に本気で惚れてしまったため、というのもあるようだが。

話が逸れたので戻そう。

俺の引きこもり体質が母親譲りなのは間違いないというわけで、母はこのように俺を王城の外へと出そうとする父から守ってくれていた。

本来は王妃の言葉など聞かないのが国王なのだろうが、

「しゃ、シャーロットがそう言うなら……」

という父の返答を聞くだけで、二人の関係は明らかだろう。

父は母にいわゆるぞっこんというやつだ。

母も父のことを好いているが、その比ではない。

母の望みとなれば、どんなことだろうと一瞬で許してしまうほどに惚れている。

そのおかげで俺の引きこもり生活も守られている。実に素晴らしい家庭ではないだろうか。

「だ、だが今回限りは許さんぞ！　そのための策も既に打ってある！」

ほら、今日だっていつものように許して…………ん？　今なんて言った？

「昨夜、ニートを国立魔術学院に入学させたのだ！　もうこれで逃げられまい！」

「お、お父上？　アハハ……ご冗談がお上手で……」

衝撃の事実を受け、黙り込んでいた俺もつい声を上げてしまう。

すると、父はとても嬉しそうに答える。

「冗談なわけがなかろう！　王族ともあろう者が不登校なんて許されるわけがないからなぁ？」

扉越しでも伝わる父のニヤついた表情。

今までの鬱憤を晴らせて爽快なのか、いつもより声に張りがある。大人げないにもほどがあるだろ。

だが、まぁ焦るのにはまだ早い。

俺には母上という絶対的な守護者がいるのだから！

「まぁ可哀そうなこと……でも、入学しちゃったのなら仕方ないわねぇ」

ん？　なんて？

「まさかあのニートちゃんが学院に通うことになるなんて。夢にも思わなかったわぁ」

「は、母上!?　なに話を進めてるんですか!?　俺の味方をしてくれるはずじゃ……」

マズい……この状況はマズすぎる……！

「だってアレクちゃんも通ってるし、学院なら良いリハビリになるんじゃないかしらぁ？」

アレクとは俺の兄のことだ。

第一王子の兄は俺の一つ上の十七歳。

こんなだらしない俺とは違って、頭脳明晰、容姿端麗。

さらには、こんな俺にまで優しく接してくれるという温厚篤実さも持ち合わせている。

そして何より魔術師としての実力も備えている。兄の年齢では彼の実力は突出していた。

完全無欠とは兄のためにある言葉ではないのだろうか。

「ということだニート。ちなみに入学式は明日だ、今日で引きこもり生活も終わりだな！」

ガハハ、と王族らしくない下品な笑い声を残して、父は満足げに部屋の前から去っていく。

「に、ニートちゃんはやれば出来る子なんだから！　頑張ってね！」

そう言い残して母も父の後を追った。

嵐のような騒ぎが過ぎ去り、いつもの朝の静けさが戻ってくる。

普段ならこの後は、だらだらと朝食を食べて、だらだらと好きなことをして。そうやって俺の時間を満喫するのだ。

しかし、明日からはそうもいかないらしい。

「はぁ……」

俺は再び、無気力にどすっとベッドに体を預ける。

明日から部屋の外、この城の外。大嫌いな外。

外外外外外外そとそとそとそとそとそとそと……

「何してくれてんだよクソ親父いいいぃぃぃぃ！」

俺は部屋の中で一人、喉が破裂しそうなほど絶叫したのだった。


その後、俺は寝間着のまま会食堂へと向かった。

会食堂に着くと、既に兄のアレクが席について食事をしていた。

貴族であれ平民であれ、家族全員で食事をするのが普通なのだろうが、この家は起床時間が全員バラバラなため、朝食は各自でとることが多い。

その代わり、時間を合わせられる夕食時は、家族全員揃って食べることになっている。

俺は空いていたアレクの隣の席に腰かけた。

どうやら両親は既に食事を済ませていたようで、残っているのは兄だけだった。

「おはよう、兄さん」

「ん？　ニートか、おはよう。どうしたんだい？　そんな死んだ魚みたいな目をして」

アレクはげっそりとした俺の表情を見て、心配した様子を見せる。

いつもの俺ならこの時間帯は自室でダラダラとしているのだが、今日はそんな気にもなれなかった。

兄のアレクに早朝の出来事を共有したかったからだ。

俺は早速、兄に告げる。

「実は明日から学院に通わされることになったんだよ」

「ぶっ！　ごほごほっ！」

俺の突然の告白にアレクは飲んでいた水を噴き出した。

彼は何度も目を瞬いて、自分の耳を疑っている。

少し悩んだものの、やはり信じられなかったようで苦笑した。

「あっはっは、まさかニートがそんな冗談を言うとは思わなかったよ」

「いや、本当だから」

「え？」

「え？」

「「…………」」

お互い目を合わせたまま、会食堂に長い沈黙が流れる。

そしてアレクはためらいがちに尋ねてきた。

「本気で言ってるのかい？」

「朝一から父上と母上が言いに来たからね。もう入学届も出されてるらしいよ」

「そうか、ニートがこの城の外に出るのか……」

「ん？」

アレクはボソッと俺には聞こえない声量で呟く。

心配や驚愕というよりは、どこか違う所を見ているような、そんな気がした。

しかし、それは俺の勘違いだったのだろう、いつもと同じ明るい表情に戻ると言った。

「……いいや、なんでもないさ。まさか弟と一緒に登校出来る日が来るなんて思ってもいなかったよ！」

「俺もだよ。父上がここまで大人げないとは……」

アハハと俺たちは笑い合う。俺の方は苦笑いだが。

すると、そんな他愛ない会話を遮るように、会食堂に陽気な少女の声が響き渡る。

「おはようございます！　アレクお兄様！」

「おはよう、アーシャ」

会食堂にやってきた少女は、元気良くアレクに向かって挨拶をする。

俺たちよりも一回り、二回りほど小柄な体躯に、母親譲りの整った顔立ち。

そして艶やかな銀髪に似合う、純白のワンピースドレスを着こなしている。

少女の名はアーシャ。俺より二つ年下の妹だ。

俺の家族は父と母、そして一つ年上のアレクと、二つ年下のアーシャの五人家族である。

俺も兄に続いてアーシャに声をかけた。

「おはようさん」

「……おはようございます、ニート兄様」

アーシャは視線も合わせずに、ぼそっと言い捨てるように返した。

まるで義務だから渋々と言わんばかりの態度だ。

「ん？　アーシャ？　なんか最近俺に冷たくない？」

「そ、それは……」

理由を尋ねると、アーシャは言いづらそうに口ごもる。

最近、どこか素っ気ないと思っていたが、どうやら何か理由があるらしい。

「正直に言ってくれた方が俺も助かるんだぞ？　それに何を言われようとアーシャなら気にしない」

「そうですか……」

俺の言葉でアーシャは決心がついたのだろう。

小さな頬を可愛らしく膨らませて言った。

「なら正直に言いますけど、私が怒っているのはニート兄様が引きこもりだからです！」

「ん？」

「ニート兄様が学院でなんと噂されているか知っていますか！」

「お、俺が話題になってんの？」

アーシャはアレクと一緒に国立魔術学院に通っている。

しかし、歳が離れているため、俺が入学する予定の高等部ではなく、中等部の二年だ。

兄と同様に、アーシャも優秀な子だ。容姿はもちろんのこと、成績優秀でもあるため周囲の生徒や教師からかなりの人気を集めている。

学院では白亜（はくあ）の天使と呼ばれているとかなんとか。

うんうん、俺もそれに関しては同感だ。うちの妹に可愛さで勝てるような奴がこの世に存在するわけがない。

そんな我らの天使は頬を赤らめながら、羞恥（しゅうち）を振り切るように大きな声で言い放った。

「えぇ！　ニート兄様は『穀潰しの第二王子』なんて言われてるんですよ⁉　私、恥ずかしくて仕方ありません！」

二人と違って、俺は王族の公務すら行っていない。

そうともなれば国民にどう印象を持たれるかなど、考えるまでもないだろう。

え？　なんで公務をしないのかって？

だって外出れないし、出たくないし。俺、引きこもりだし。

「アーシャ……実の兄に向かってそんなこと……」

アレクは俺を気遣い、アーシャを止めようとしてくれる。

もちろん、兄の優しさには感謝しているが、俺にその必要はない。

「まぁ実際その通りだしな。別に言われて悪い気もしないし」

「ニート……」

そもそも俺は自ら望んで引きこもっているのだ。

引きこもりだ、穀潰しだ、などと言われて嫌な気分になる者が、引きこもりを極められるわけがない。

「だが、アーシャよ。そんな妹に一つ朗報がある」

「朗報？　どうせ兄様のことだから、くだらないことでしょう？」

にんまりと笑みを浮かべながら言う俺に、アーシャは冷たい視線を送ってくる。

妹の言うように、普段の俺ならくだらないことを言っているだろう。

だが、今日は違う。

俺は溜めに溜めてからアーシャに告げた。

「なんと……俺も明日から学院に通うことになったのだ！」

「だからなんですか！　ニート兄様が学院に通ったからって……え？　兄様がこの王城の外に？」

アーシャは虚を衝かれたように固まってしまった。

そして、数秒の遅れを経て、今度は小さな口を精一杯開けて叫んだ。

「え、えええええええええええぇぇぇぇぇぇ!?」

「そんな驚くことか？」

「当たり前ですよ！　あのニート兄様が王城の外に……それも学院に通うなんて！」

「まぁ僕もアーシャに同感だよ。僕だって本当は叫びたいぐらいだからね」

アーシャは驚きながらも、どこか嬉しそうな様子を見せる。

それに同意してアレクも微笑を漏らしていた。

俺が掻い摘んで今朝の出来事を説明したが、アーシャはまだ信じられないといった様子だ。

「よくニート兄様が外に出ることを納得しましたね!?」

「まぁ既に入学届も受理されてるらしいし。納得以前に、もう逃げるにも逃げられないよな」

今朝、父が言っていたように王族ともあろう者が不登校など、断じて許されるものではない。

まぁ引きこもりを極めている俺にそんなプライドなんてもうないのでは？　と言われたら否定は出来ないけども。

それに両親やアレク、アーシャにかなりの苦労をかけていることは俺も自覚している。それと同時に心配をかけていることも。

これまで自由にやらせてもらっていたのだ。納得出来ずとも、多少は俺も譲歩すべきだろう。

学院であれば屋外に出ることもそうないだろうし。長くてもほんの数年、我慢するだけだ。

「ま、そういうことだから。二人とも学院でもよろしく」

俺はその言葉を最後に一旦話を終わらせ、テーブルに並んでいた朝食に手を付けたのだった。

『ごくつぶし？』
『いいいや、やっぱり穀潰士は最高の職業だとな！』
男の顔は黒い靄でぼやけており、はっきりと視認出来ない。
俺は夢でも見ているのだろう。間違いなくこれは俺の過去の話だ。
ただ、十年以上前の話であるため、その頃の記憶はほとんどない。
しかし、この男との会話だけは鮮明に覚えている。
今の俺が存在するのもこの男のおかげだから。
『穀潰士とは自分の部屋で好きなことをしたり、やりたいことをする職業だ』
『どうやったらなれるの？』
『誰でもなれるさ。覚悟さえあればな』
幼い頃の俺はこの男に憧れの感情を抱いていた。
何にも縛られない、自由な人生を謳歌するこの男に。

だから、俺はそんな彼が語る穀潰士になりたいと願った。

『だが、穀潰士には一つだけ大切な仕事があるんだ。分かるか？』

『ダラダラしたり、ぜんりょくであそぶこと？』

『違う。それも大切なことだが、仕事じゃない』

男はポンと俺の頭の上に手を置いて、幼い俺に告げる。

『引きこもることは独り（ひと）の行い（おこな）であって一人の行いではない』

いつも気楽に笑い、能天気な男だが、この瞬間だけは真剣だったように思う。

『なんかむずかしいね』

『まぁそれについては、また今度詳しく教えてやるさ。なんせ俺らには時間がたくさんあるんだから』

その言葉を最後に、徐々に意識が薄れていった。

そして闇の奥深くに沈んでいた意識がゆっくりと覚醒（かくせい）する。

「ニート、早く起きないと遅刻するよ」

「……ん？　アレク兄さん？　どうして俺の部屋に？」

ゆっくりと瞼を開くと、視界の右端にアレクが映った。

俺は体を起こし、ベッドの端に腰をかける。

すると兄は見慣れない服を着て、椅子に座っていた。学院の制服だろうか。

ん？　制服？

「あっ……」

「まさかもう学院のことを忘れてたのかい？　はぁ、本当に手間がかかる弟だよ」

アレクは軽いため息を吐きながら苦笑した。

「それにしても……ニート、昨日はえらく張り切ったみたいだね」

「まぁね、当分は時間も取れないかもしれないし。今日の対策もしておきたかったから」

自室に転がった資料や魔道具を、アレクは神妙な面持ちで見回している。

俺もただ引きこもっているわけではない。

引きこもり生活をより充実したものにするためには、打ち込める趣味や本気で取り組めることが必要だ。

それが俺にとっては創作活動。自分用に魔術や魔道具を創っている。

趣味も出来て、便利な魔術や魔道具を創ることによって引きこもりの効率も上がる、まさに一石二鳥だ。

「学院で何が起きるか分からないから、念のためにね」

俺にとって、約十年ぶりの屋外だ。

当然、未知の経験は多く、どれだけ準備しておいても足りるということはない。

そのため、昨日は一日かけて色々な便利道具やら魔術やらを創っていた。

「それはそうと、早く準備しないと入学式早々に遅刻するよ？」

「え？　まだ二時間もあるけど？」

俺は確認のために時計に目をやる。

「魔術学院は西区域にあるからね。急いでも一時間はかかるんだ」

広大な土地を持つアストリア国の王都は、巨大な城壁に囲まれた城塞都市となっている。

そして東西南北に、大きく四つに区分けされる。

北区域――主に貴族が暮らし、王城や煌びやかで装飾にこだわった大きな屋敷がいくつも並ぶ。
東区域――海に面する特徴を活かし、巨大な市場がいくつも置かれている。
西区域――魔術学院など国家の中枢を担う機関が存在する。
南区域――個性のない似たような平民の住居が建ち並んでいる。

一つの区域をまたぐにはかなりの時間を要する。

アレクの言う通り、王城から魔術学院に向かえば、馬車を使って一時間かかるか、かからないかぐらいだろう。

でもどうして、朝から一時間も馬車に揺られなければならないんだ？

「別に転移魔術を使うから大丈夫だよ」

「は？　転移魔術？」

「うん、いつでも好きなとこに飛べるから、かなり便利なんだよね」

「もしかして……また自分で創ったのかい？」

「別に俺が創ったわけでもないよ。本に載ってたやつだし」

俺はそう言って、近くに転がっていた本をアレクに差し出した。

「これは……伝記？」

「うん、アイザ・ベルタインのね。いやぁ、ほんとに先人の発想は凄いよ」

アイザ・ベルタイン。それは数百年以上前に存在したと言われる伝説の女性冒険者だ。

英雄とも呼ばれることもあるような、まさに冒険者の象徴である。

そんな彼女の伝記だが、転移魔術だったり、空間収納の魔術だったりと俺の引きこもりライフに活かせるものが数多く記されていた。

この本を俺以上に熟読している者はそういないだろう。

アレクは彼女の伝記をめくりながら、誰にも聞こえない声量で唇を震わせる。

「まさかこんな作り話までも現実にするなんて……」

「ん？　なんて？」

「い、いや！　何でもないさ！」

何も聞こえなかったので俺が聞き返すと、アレクは首をぶんぶんと左右に振った。

そしてすぐに彼は口にする。

「それよりニートは王城の外に出ないだろう？　どうしてそんなものを使おうと思ったんだい？」

「だってトイレ行く時に便利じゃない？　トイレからは俺の部屋が一番距離があるからさ」

「……なっ!!」

アレクは絶句した。

俺が何か地雷となるものでも踏んでしまったのだろうか。

俺はすかさず、雰囲気を戻そうと明るい口調で言う。

「も、もちろん普段は使ってないよ!?　運動も必要だし！」

けれどアレクの表情は固いままだった。

彼は真剣な表情で、俺の瞳をしっかりと捉えた状態で告げる。

「ニート、一つだけ僕と約束してほしい」

「約束？」

「絶対にこの転移魔術だけは人前で使わないでほしいんだ」

「分かった」

俺はアレクの言葉に二つ返事で了承した。

兄も俺がこれほど早く承諾するとは思ってもいなかったのだろう。驚いた様子で再び聞いてくる。

「り、理由は聞かなくていいのかい？」

「だって兄さんのことだから。俺のために言ってくれてるんだろ？」

アレク兄さんはいつだって俺の味方でいてくれた。

そんな兄の言葉だ。何を疑う必要があるというのだろうか。

この引きこもり部屋だって、兄しか入れたことはない。

俺の言葉にアレクは一瞬、ポカンと口を開けて驚く。

しかしすぐに、彼は強張(こわば)っていた頬を緩ませた。

「そうか、本当にお前は僕の自慢の弟だよ」

その後、俺たちは軽い談笑をした。

「そういえば、また新しい本を貸してよ」

「もう読み終わったのかい？」

「うん。兄さんが貸してくれる本は面白いから」

俺が主に読んでいる本は、大きく分けて二種類。

一つ目が伝記。

例えば先ほどのアイザの伝記や、伝説の勇者の逸話などが当てはまる。

そこから得られる転移魔術や収納魔術の知識は、俺の魔術開発に大いに役立っている。

二つ目は空想本。

ここと は別の世界である『にほん』という土地を題材にしたものである。

物語の中に未知の生物や魔道具がいくつも出てきて、そこから得られるアイデアは魔道具開発の要(かなめ)だ。あまりにも魅力的だからだろう、昔から多くの作家が『にほん』を舞台にした物語を書いてきた。

最近ではこれをヒントに『えあこん』という、空気を氷魔術で冷たくして、それを風魔術で送るという魔道具を開発した。

伝記から得た知識で新たな魔術を開発し、兄から借りている空想本から得たアイデアで魔道具を開発する。

難しい魔術を開発すればするほど、複雑な魔道具を創れるようになる。これが引きこもっていても出来る俺の一番の趣味だった。

「分かった、また今度いっぱい持ってくるよ……と、もうこんな時間だ」

時間を見計らってアレクは椅子から立ち上がる。

「じゃあ、僕はアーシャと一緒に先に行くから、ニートも遅刻しないようにね」

「分かった」

アレクはそう言い残して部屋を後にした。

本当は二度寝したかったのだが、入学初日ぐらいは兄の言う通り、余裕を持とうと思う。

俺は気だるさを感じながらも、のそのそと学院に向かう準備を始めた。


「じゃあ、俺もそろそろ行くか」

アレクとアーシャが王城から出発して一時間ぐらい経っただろうか。

現在の時刻は七時。入学式が八時から行われるらしいので、今から登校しても十分に余裕があるはずだ。

「鞄も持ったし、制服もちゃんと着たし、日焼け止めも張ったし……よし、準備万端！」

と、陽気な雰囲気を醸し出しているが、内心かなり気が進まない。

校舎に入れば室内であるため、さほど辛くもないと思うが、登校中や屋外授業などが問題だ。

一瞬、直で学院に転移しようかとも考えたが、流石にそれは常識外れな気がしたのでやめた。

アレクにも人前で使うなと言われたばかりだ。

「どこに転移しようかな……」

俺は机の上に置いた地図を見ながら、転移する場所を考える。

出来るだけ学院から近く、人目につきにくい場所が良い。

となると、転移出来る場所はかなり限られてくる。

「この路地裏とかいいな……」

熟考の末に、俺はとある路地裏を指さした。

路地裏にしては少し開けた空間であるため、安全に転移出来る。

また学院からの距離もそう遠くない。早歩きをすれば、そこから数分もかからないうちに校門をくぐれるだろう。

転移場所が決まったので、地図を片付け、準備していた荷物を抱える。

そして転移魔術を使うために詠唱の準備を始めた。

魔術を使う際には必ず詠唱が必要となる。

いわばその魔術の設計図のようなものだ。基盤となるものであるため、一つでも詠唱を噛むと失敗してしまうほど大事なものである。

　まずは第一節。その魔術の属性を表す言葉。

「無の加護のもとに」

　次に第二節、第三節、第四節……と魔術の難度や威力が上がるほど、詠唱も複雑になり長くなる。

　しかし、転移する度に長々と詠唱するのも面倒だ。ということで、俺が創った転移魔術では詠唱を第二節から全て省略した。

　最後に残されたのは締めの言葉だけ。

　魔術の名称を口にすれば魔術は完成する。

「創作魔術【転移】」

　俺が魔術を行使した瞬間、体を囲うように何層もの魔法陣が浮かび上がった。

　魔法陣の中にいる対象者を空間ごと運ぶのが転移魔術だ。

　転移が始まると、自分の視界から徐々に色が失われていった。


　再び視界に色が付き始めると、そこは全く別の場所になっていた。

　陽の光が届かない、薄暗く狭い通路。

　煌びやかな装飾や壁紙は、錆びた配管や雨で汚れた壁に。王城内のフレグランスの香りは、カビや煙の臭いに。

　もしかすると路地裏を選んだのは失敗だったかもしれない。

「ほんとに外に出たんだな……俺」

俺は見慣れない景色を見回しながらしみじみと呟く。

今まで頑なに外に出なかった俺だが、こうもあっさりと出ることになるとは思わなかった。

まぁ引きこもりだからと言って、絶対に外に出てはいけないなどというルールがあるわけでもない。俺に殺潰士の道を示してくれた男と出会ったのだって屋外だった。

必ずいつかはこの日が来た。それが想定より少し早かっただけだ。

「まぁ人もいないし。さっさと学院に――」

「きゃあああああああああぁぁぁぁぁぁ！」

行こうか、と口にしようとした俺の言葉を遮って、女性の叫び声が路地裏に響き渡る。

壁と壁との距離が狭いからだろう。途轍もない大きさの声がこだました。

「悲鳴？」

若い女性のものだろう。

明らかに驚いたり、怒ったりした叫び声ではない。何かしらの恐怖から発せられたものだった。

それにしても嫌なタイミングだ。早速の想定外な出来事に俺は少し頭を抱えてしまう。

入学式初日にこのような事件に巻き込まれるのは、あまりにも理不尽だ。

「まぁでも、無視も出来ないよな……」

俺はそう判断し、駆け足で声のした方へと向かった。

幸い、かなり近い場所であったため、一分もしないうちに辿り着いた。

嫌らしい表情を浮かべる男性と、地面に座り込んで怯えている女性が視界に入る。

どちらが悪者かは話を聞かずとも一瞬で理解出来た。

「こそこそ逃げ回りやがって。だが、もう逃げ場はねぇぞ？」

「ひっ⁉　ち、近づかないで……！」

男は舌で唇を何度も舐め回し、ニマニマと歪な笑みを漏らしている。

怯える女性を前に優越感にでも浸っているのだろう。なかなかに気色が悪い。

それに対して女性の方は惨憺たるものだった。服は目のやり場に困るほど破れており、泥などでかなり汚れている。雪のように白い肌からは所々出血しており痛々しい。

女性は今まで男から必死に逃げてきたようだが、彼女の背後は壁。左右にも道はない。

男に上手く路地裏の行き止まりに誘い入れられたのだろう。

彼女にとっては絶体絶命だ。表情が絶望に染まっている。

このような事件にはあまり関わりたくなかったのだが、かといってこんな胸糞悪い光景を見ておいて女性を見捨てるのは俺の良心が許さない。

覚悟を決め、二人の背後から少し大きめの声で告げた。

「おい、彼女に近づくな」

◆◆◆◆◆◆◆

「はぁ、はぁ、はぁ……」

呼吸が乱れる。心臓の音が全身に響く。

体中が痛い。痛覚が何度も全身を走る。

それでも私は全力で逃げ続ける。

逃げないと……追いつかれたら、殺されるから……！

「おいおい、どこまで逃げるんだよぉ」

恐怖の声は延々と私につきまとってくる。

私は何分、何十分、何時間逃げているのだろうか。全力で走り続けているため時間の感覚も既になくなってきていた。

（なんでこんなことに……！）


あれは先ほどのことだ。

いつも通り、馬車で学院まで登校していると、急に何者かに襲われた。

馬は潰され、私の執事兼、護衛もすぐに殺された。

最初は私も杖を握って戦おうとしたのだ。自分自身、この年代では上位の実力者だと自負している。それこそ最近では上級魔術師の称号さえ得た。

――でも、あの男には一切敵わなかった。

あまりにも実力の差があったのだ。一瞬で杖を折られてしまい、魔術が行使出来なくなってしまった。

確実に死を予感した私は、こうして逃亡に全力を費やしている。

しかし、それも長くは続かない。

「貴族のお嬢様がよくもまぁここまで走れるなぁ？」

追いかけてくる男は気味の悪い笑みを漏らしている。

この男が私を殺そうとする理由はおおよそ見当がつく。

私の名はソフィア・エルドワード。エルドワード家はこの国で、王族の次に地位の高い大公の座に就いている。そして、私はそんな家の一人娘であった。

私を殺して得をする者は少なくない。

大公の地位を奪おうと目論む貴族、現体制に不満を持つ反逆者、あるいは他国のスパイや暗殺者など、男の正体はいくらでも思い浮かぶ。

私を完封する圧倒的な実力と余裕の見せようから、まず他国の者と見て間違いないだろう。

もしアストリア国の国民にこれほどの実力者がいれば、多少は名や顔が広まっているはずだから。

「おらぁ！」

後ろを振り向くと鋭い一撃が顔に迫る。このままでは目に刺さると直感し、反射的に私は叫んだ。

「きゃあああああああぁぁぁぁぁぁぁ！」

何とか振り払ったが、危機はまだ続く。

「こそこそ逃げ回りやがって。だが、もう逃げ場はねぇぞ？」

悪あがきの逃亡はついに終わりを告げた。

私の左右に道はなく、正面は高い壁で行き止まり。この刺客に、上手く路地裏の行き止まりへと誘い込まれたのだ。

「ひっ⁉　ち、近づかないで……！」

悔しいことに、無意識のうちに無様（ぶざま）な言葉を吐いていた。

恐怖で尻もちをついてしまい、その状態のまま後ずさる。けれど、すぐにドンッと冷たく硬い壁の感触が背中に伝わった。その感触はすぐに絶望へと変わっていく。

「じゃあ、長いお楽しみもこれで最後だ！」

男はそう言って、血に染まった短刀を構える。

逃げる途中に魔道具で王宮騎士団に通報したが、王城から東区域のこの場所まではかなり距離がある。確実に間に合わない。

もちろんそのことはこの刺客も想定しているはずだ。

それに、たとえ間に合ったとしても、この男に敵うかどうかすら分からない。

私はゆっくりと瞼を閉じた。

希望がないのも、私が生き残る可能性がないのも理解している。

だけど心の中で誰かに縋（すが）るように願い続けた。

お願い……誰でもいいから……誰か助けて！

そんな時だった――

「おい、彼女に近づくな」

「あん？　誰だ？」

「……え？」

突如現れた俺の言葉に、二人は唖然とした。

しかし先に男の方は状況を理解したのか、すぐに本性をあらわにする。

「ちっ、いいとこを邪魔しやがって。とりあえず痛い目見て勉強してもらおうかぁ！」

「に、逃げて……君のような学生が敵う相手じゃない！」

男の背後にいる女性は俺に向かってそう叫んだ。彼女自身も怖くて仕方ないはずだ。その声は明らかに震えている。

けれど彼女は自分ではなく、赤の他人である目の前の俺の命を優先した。そんなことを言われたら、余計に彼女を助けたくなってしまうのが男の性だろう。

「かかってこいよ。ナンパ野郎」

「あっはっは！　言われなくとも殺してやるよぉ！」

挑発すると男は地面を強く蹴って、10メートルはあった俺との距離を一瞬で詰める。腰だめに構えた短刀を握りしめ、一直線に突進してきた。

その刃は俺の腹を抉り、内臓を引きずり出す……かと思いきや、
ガキンッ！

激しい金属音とともに、男が握っていた短刀の刃が折れる。

「へ？」

「うわっ、危なっ!?」

男は一瞬呆けたものの咄嗟に後方へと下がり、再び距離を取った。

対して俺は自分の腹をさすりながらほっと安心する。刃を突き立てられたはずの腹は血が出るどころか、服さえも無事だ。

それにしても急に刺し殺そうとするとか怖すぎだろ。一般人なら完全に死んでたぞ。

「おい、ふざけるなよクソガキ……どうやって防いだ！」

この事態が予想外だったらしく、男は声を荒らげる。まぁ、全力で刺し殺そうとして、自分の短刀が折れたのだ。それも相手は無防備な状態で。当たり前の反応と言われればその通りだ。

「多分、日焼け止めだろうな」

「は？」

「だから日焼け止めが防いでくれたんだって」

俺は絶対に日焼けはしたくない。

けれど、太陽の下に出れば、必ず日焼けしてしまう。それに体に有害なものも浴びてしまうらしい。

そこで思いついたのが日焼け止めの魔術を創ることだった。

発想はアレクからもらった空想本に書いてあった。『すぷれー』というもので体を保護するらしく、日光に含まれる有害なものを遮(さえぎ)ってくれる。

父に日焼け止めのことを尋ねてみると首を傾げられ、逆に聞き返されてしまう始末だった。

日焼け止めはあまり広く認知されているものではなかったのだ。

だったら俺が創るしかないよな。

「俺を害するものを全て遮断する結界を俺自身に纏(まと)わせたら、日焼け止めの完成だ」

「まさか……【完全遮断結界術(エグゾ・アイギス)】か!?」

「何だそれ」

俺は聞き覚えのない言葉に眉をひそめる。

日焼け止めは俺が一から創り上げた魔術だ。そんな凄そうな魔術とは全くの別物である。

だが男は勝手に納得してしまったようで、

「アストリア国がこんな化け物を抱えてるなんて聞いてないぞ……！」

と俺たちにも聞こえる声量で呟く。

化け物というか国の第二王子なのだが、どうやら俺の正体には気づいていないらしい。

一応、俺は自分でもそこそこ強い自信はある。そうなるために今までかなりの努力もしてきた。

このチンピラがどのくらいの実力かは知らないが、学院で落ちこぼれる心配はなさそうだ。

「おらあああぁぁぁ！」

男は声で自分を奮い立たせながら俺のもとまで疾駆し、短刀で何度も切りつけてきた。その度に日焼け止めが刃を防ぎ、火花を散らす。

そんな男の攻撃を、俺は棒立ちのまま受け続けた。

「いくら結界が硬くても、守ってばかりじゃ勝てねぇよなぁ！」

男は短刀で何度も切り刻み、日焼け止めも少しずつ傷が入り始めていた。割れるのも時間の問題だろう。

なら、俺もそろそろ行動しなければならない。でないと日焼けしてしまう。

「じゃあ今度は俺の番か」

俺は背負っていた荷物から一つの細長い缶を取り出す。

武器とはかけ離れた形状のそれに、男は目を丸くしていた。

「何だそれは!?」

「見たら分かるだろ。殺虫剤だよ」

「さ、殺虫剤？」

「俺は虫が死ぬほど嫌いだから。俺の必須アイテム」

俺が部屋の外に出たくない理由の一つに、虫が嫌いだからというのが挙げられる。そこで一から創り上げたのがこの殺虫剤だ。

「何故それを今取り出し……まさか！」

「女性に付きまとう害虫に使おうと思ってね」

俺は瞬時に男の鼻先まで距離を詰め、至近距離で殺虫剤を振りまいた。

男は反射的に自分の衣服を破り、その布で口元を押さえる。

咄嗟の判断にしては上出来だろう。だが、そんな単純な対策方法を想定していないわけがない。

「ちなみにこれ、吸わなくても肌に触れた瞬間終わるから」

「っ⁉　ふざけ――」

男は言い終えることなく、その場でバタリと白目をむいて倒れ込んだ。

ちなみに、この缶の中には俺特製の睡眠魔術を詰め込んでいる。

猛獣でさえ一瞬で眠ってしまうほどの効果があるらしい。

殺虫剤を創ろうと思ったのだが、故意に虫を殺すのも気が引けるため、最終的に催眠剤となったのだ。そんなものを食らったのだ、この男は二日以上目を覚まさないだろう。

俺自身は一切動かなくていいため、汗をかくこともないし、体力を使う必要もない。実に素晴らしい魔道具だ。

そんなことを思っていると、複数の足音が路地裏に響き始めた。

「ん？　この音は……」

列になっているのか揃った足音と、甲冑がガチャガチャと鳴る音。

彼女が救援を呼んでいたと考えると、王国騎士団かそこらの人たちだろう。騎士団は王城にもよく出入りしているため、聞き慣れた足音だった。

これ以上面倒事に巻き込まれるのは御免だ。あとは騎士団の人たちが何とかしてくれるはず。

「あ、あの……！」

「ん？」

この場から立ち去ろうとすると、俺を止めるように女性は声を上げる。

彼女は未だに震える自分の手を必死に押さえながら、おずおずと尋ねてきた。

「貴方(あなた)は何者なんですか？」

どうやら引きこもっていたおかげか、この国の第二王子である俺の顔は広まっていないらしい。

第二王子が路地裏を使って登校していたなんて噂されれば、家族に迷惑をかけてしまう。正直に名前を出すのは得策ではないだろう。

かといって、すぐに偽名を思いつくわけもなかった。

「ただの穀潰士だよ」

「ご、穀潰し？」

彼女は意味の分からない俺の言葉に首を傾げる。

急に穀潰士と言われて理解出来るはずもない。けれど説明している時間もなかった。

俺は彼女に背を向けて、この場を後にしたのだった。

ニートがこの場を去って、すぐに王国騎士団はソフィアのもとへ到着した。

「ソフィアお嬢様！　ご無事でしたか!?」

「え、えぇ」

「よくご無事で……救護班は早くお嬢様を治療せよ！　護衛班は刺客の身柄の拘束と周辺の警備だ！」

「「了解！」」

隊長の指示に従って、騎士団の団員たちは迅速に行動を始める。

そんな中、ソフィアは先ほどの出来事を思い返して放心状態になっていた。

（ひ、日焼け止め？　さ、殺虫剤？）

ニートの攻撃は全てにおいて常軌を逸していた。

あの刺客の男もそれなり……いや、ソフィアを凌駕するほどの実力となると、他国で要職に就いているような人間だろう。そんな男さえもあの青年には一手も届かなかったのだ。

彼の実力は底が知れない。

（知れたとしても私には理解出来ないんでしょうね……）

ソフィアは自分自身の思い上がりを恥じる。

今までほぼ負けなしで成長してきた彼女にとって、この経験は大きなものだった。上には上がいるのだということを、この短時間で思い知ったのだ。

（私ももっと強くならなければ！）

自分の身を守るためにも。誰にも恥じない自分であるためにも。

今まで以上にソフィアは上を目指す決意をする。

「そういえば、あの制服……同じ学院の生徒かしら」

彼女はこの後、地面に座り込んだまま少しの間、物思いにふけるのだった。

見知らぬ女性を助けた後、俺は足早に学院へと向かった。

「お、おぉ……」

学院に着くと、俺は感嘆の言葉を漏らす。

王城にも劣らないほどの広大な敷地。校門の周りには綺麗に整えられた芝生があり、奥には巨大な校舎がある。年季の入った外観からはそれなりの荘厳な雰囲気が漂う。

好奇心をくすぐるには十分な光景だった。

校門をくぐると、周りには親に連れられた新入生たちがたくさん目につく。

どの生徒たちも目を輝かせたり、喜びの表情を浮かべていたりと、これからの学生生活を楽しみにしているようだ。

「入学式は大講堂でやるのか」

受付でもらった紙によると、一時間以上かかる入学式だが大講堂で行われるらしい。

大講堂とは巨大なホールのような場所であり、よく集会に使われる。座席もしっかりした造りで座面にはクッションがあり、座り心地もよい。

昨夜、俺は学院についてしっかりと予習していたので道に迷うこともなく、目的の大講堂に辿り着いた。

大講堂に入ると、既にかなりの数の生徒が席についていた。

保護者は二階の席に座るらしく、一階の座席は生徒だけで埋め尽くされている。

情報によると今年の一年生は百人を超えているらしい。例年の新入生の数よりも少し多いそうだ。

「俺の席は……ここか」

事前に決められていた席に俺は腰かける。

アレクの助言でかなりの余裕を持って行動したため、路地裏で面倒事にも関わったものの、それでもまだ開式まで時間があった。

席に座ってしまえば特に何かすることも出来ない。

俺が空いた時間を持て余してボーっとしていると、

「ねぇねぇ、もしかして君も高等部からの新入生？」

隣の席に座っていた銀髪の男子生徒に声をかけられた。

その生徒を一言で言い表すなら美少年だ。華奢(きゃしゃ)な体躯に優しげな印象を与える丸い目。アレクのような凛々(りり)しい感じとは異なり、どちらかというと可愛らしいと言うべきか。動物で例えるなら間違いなく子犬だろう。

「も、ってことは君も？」

「うん！」

ここに集まっている新入生は、大きく二つに分けられる。

俺や彼のように高等部から新しく入学する生徒と、妹のアーシャや兄のアレクのように中等部から上がってきた生徒だ。

別に生徒同士が対立しているわけではないが、平均的には中等部から学院に所属している者の方が優れていたりする。中等部でしっかりと基礎を叩き込まれるため、高等部に入ってからの成長が早く、高等部から入学した生徒たちとは段違いなのだとか。

「僕はステラ。よろしくね！」

「俺はニート。こちらこそよろしく」

「周りは中等部から上がってきた人たちが多くて僕、浮いてたんだよね～」

「そう言われてみればそうかもな」

辺りを軽く見回すと、自分たち以外にも近くの生徒たち同士で談笑しているグループがいくつかあった。既に顔見知りなのだろう。距離感が明らかに初対面とは異なる。

「いやぁ、ニート君が隣にいてくれて助かったよ！」

「俺も喋(しゃべ)れる男友達が出来て嬉しいよ」

「……うん、本当にそうだね！」

その後、入学式が始まるまで俺はステラと他愛ない話をした。

誕生日だったり、趣味だったり、と短い間でかなり彼と仲良くなれたと思う。

もしかしたら友達が一人も出来ないんじゃないかと、内心俺も焦ってはいたよ。うん。

隣の席がステラだったのは俺にとっても本当に幸運だった。

「あ、そろそろ始まるみたいだよ」

ステラに言われて視線を前に向けると、照明が少しずつ消え、大講堂が暗くなり始めていた。

徐々に生徒たちの喋り声も収まっていく。

大講堂が静まり返ると、拡声魔術を使った大きな声が響いた。

「新入生。起立！」

そんな司会者の開式の言葉から入学式が始まる。それから式は来賓（らいひん）の挨拶や、祝辞など順調に進行していった。

「生徒会長挨拶。生徒会代表、アレク・ファン・アヴァドーラ」

「はい！」

司会者に呼ばれると、兄が舞台袖から出てきて講壇（こうだん）に立った。

（え……？）

そんな光景に俺は内心驚愕（きょうがく）する。

優秀だとは聞いていたが、まさか兄が生徒会長だとは思ってもいなかった。しかし、突然そう聞いても何の違和感もないのが、生徒会長たる所以（ゆえん）なのかもしれない。

ただ、自分の兄が生徒会長をしているとなると、違和感がなくとも少し面白く感じてしまう。

「初めまして、生徒会長、高等部二年のアレク・ファン・アヴァドーラです」

当然そんな反応は俺だけのようで、他の生徒たちはこそこそとざわつき始めた。

「あれがアレク様！　初めて本物を見たわ……！」

「まさかアレク様と同じ学院に通えるなんて！」

「アレク様、素敵すぎます！」

主に女子生徒たちが兄に羨望の眼差しを送る。王族を目にする機会などそうないため物珍しいのだろう。それに加えて誰もがイケメンと称するような美形で、しかも優しげなオーラまで纏っている。惹かれない方がおかしいというものだ。

「何か不安なことがありましたら、気軽に僕や先輩方を頼ってくださいね」

兄は綺麗にまとめて話を終える。

すると兄の挨拶が終わった途端、巨大な拍手が巻き起こった。今までの来賓やどこかの貴族の挨拶に対してのものより何十倍も大きい。王族というのもあるだろうが、これに関しては兄のカリスマ性によるところが大きいのだろう。

その後も着々と入学式は進行し、開式から一時間半ほどで全ての項目が終わった。

「以上をもちまして、入学式を閉式いたします」

司会者の締めの言葉で入学式は終了となり、生徒たちはぞろぞろと大講堂から退出していく。

俺とステラも、生徒たちが少なくなったのを見計らって席から立ち上がった。

「長かったね、入学式」

「そうだな。これからどうするんだっけ？」

「クラス分けを確認して、自分のクラスに移動。あとは各自クラスで活動する感じだね」

「クラス分けかぁ……」

「学院も実力至上主義を取り入れてるからね。クラスも入試の評価順で決まるらしいよ」

「え？　入試？」

どうやらこの国立魔術学院には入試があるらしい。俺はそんなもの一切、受けた覚えがないのだが大丈夫なのだろうか。

まぁ、父が無理やりねじ込んだとか、そんなところだろう。出来るだけ目立ちたくないため、評価が下の方であると助かるが。

するとステラは自虐的に苦笑を漏らした。

「僕は体術も魔術も弱くて、入試に合格するのもギリギリだったからEクラスかなぁ……アハハ」

「なら俺もEクラスがいいな」

「ど、どうして!?」

ステラは驚きの声を上げた。

実力至上主義の中、俺のような上を目指していない人間は不思議がられるのだ。そうでなくとも、学院に通うなら上を目指して日々鍛錬を行うのが道理だろう。

「別に俺は上を目指してないから。力の強さだけで優劣が決まる社会のルールにも賛同しかねるし」

「へぇ……ニート君って変わってるね」

「そうか？」

「あ、悪い意味じゃないんだよ！　ただそうやって、もともと決まってるルールや慣習に疑問を持てる子供なんて普通いないから」

そんな話をしながら俺たちはクラス表が貼られている場所へと向かった。

その道中でトイレの看板が俺の視界に入り、あることを思い出す。そういえば、俺は入学式の間、ずっと尿意を我慢していたのだ。どれだけクラスでの活動が長くなるか分からないため、先に済ませておいた方がいいだろう。

「なぁステラ、クラス分けを見に行く前にトイレに寄っていいか？」

「うん、いいよ」

「ステラも一緒に行くか？」

「え？」

俺が何の気なしに誘ってみると、ステラは目を丸くして、その場で固まってしまった。

俺たちの間にどんよりとしたどこか気まずい空気が流れる。

ステラの表情からは先ほどまでの微笑みが消え、地面をじっと見つめていた。

ちなみに、俺はある程度の一般常識は母から教わっている。友達と一緒にトイレに行くぐらい、普通だと思っていた。だがまぁ、距離感は個人によって大きく異なる。ステラにとって俺との関係はまだそこまで進展していなかったのかもしれない。

すぐに俺は謝った。

「す、すまん、そりゃあほぼ初対面の奴とトイレなんか気まずいよな」

「ううん、違うんだ。ニート君が嫌だなんて思ってないよ。ただ……」

ステラは再び視線を落として押し黙った。

しかし今度は葛藤し、苦悩した末に何かを決断したようだった。

彼はゆっくりと重い口を開いて俺に告げた。

「僕……女なんだ」

「ん？」

ステラは俯きながら申し訳なさそうにしている。

ステラが喋っている言語は俺が知っているのと同じものだ。なのに俺はステラが告げた言葉の意味が全く分からなかった。

そんな俺を気遣ってか、ステラはもう一度説明してくれる。

「僕、男の子じゃなくて女の子なんだ」

「アハハ………え、マジ？」

冗談だと思って一瞬笑ってみせたが、ステラの表情を見て固まってしまった。

そう言われてみれば男子生徒ではなく、女子生徒にも見えるような……

いや、見える。というかかなり可愛い女の子に見える。

「ほら、胸だってまだ小さいけど――」

「み、見せなくていいから！」

証拠を見せようとしてくれたのか、ステラは制服を胸元までたくし上げようとした。

俺は慌てて、すぐに服を下ろさせる。常識知らずなのか、天然なのか。まぁテンパっていたのだろう。

「っっっ!?」

遅れて自分の言動を理解したステラは、羞恥で顔だけでなく耳まで真っ赤に染めた。すぐに両手で自分の顔を覆うように隠したり、顔の熱を冷ますためにパタパタと扇いだりしている。

この色々な情報が混濁とした状況で俺が取るべき行動は、一つしかない。

「も、申し訳ございませんでしたあああぁぁー！」

「え、えぇ!?」

俺は勢い良く通路の真ん中で土下座した。

そばを通る通行人の視線がかなり痛いが、今はそれどころではない。

せっかく友達になれた彼……いや、彼女の心を俺は傷つけてしまった。これぐらいの誠意で済むのなら俺はいくらでも土下座する。

「に、ニート君が謝ることじゃないよ！　間違えられそうな格好してる僕が悪いんだから！」

ステラが美少年に見えてしまう理由はいくつかある。

女性にしては珍しいほどのショートヘア。どちらにもとれる中性的な顔立ち。それにステラは、スカートではなくズボンをはいていた。

だが、そんなものは間違えて良い言い訳にはならない。

「いや、完全に俺が悪かったです！　本当にすみませんでしたぁ！」

「ちょ、ちょっと別の場所に移動しよう！　ここじゃなんだし……！」

ステラは土下座したままの俺を無理やり立たせる。

俺は彼女に腕を引っ張られながら、人気のない場所へと移動した。


その後、俺たちは静かな中庭にあるベンチに腰かける。

クラス活動に遅れないか心配だったのだが、どうやら先に新入生の保護者だけを集めた会をクラスごとに行うらしく、それまで俺たち新入生には自由時間が設けられていた。

その間、新入生は校内を散策したり、休憩をとったり、クラスメイトとの親睦を深めたり。要するに、クラス活動まではまだ時間に余裕があるということだ。

「別に僕は、女の子が好きだからこんな格好してるとか、男になりたいからとか、そういう気持ちはないんだ」

ステラは視線を地面に落としたまま唇を震わせる。

その様子は何かに怯えているようで、なおかつ何かを恐れているように見えた。

「でも、やっぱり気持ち悪いよね……」

ステラはごめんね、と諦め気味に言い捨てた。

今までこのように、誰かに真実を打ち明けた経験が何度もあったのだろう。そしてその度に誰にも自分を理解してもらえなくて、忌み嫌われた。

でなければ、ここまで希望のない濁った目を彼女がするわけがない。今回もステラは俺に軽蔑されることを恐れているのだろう。

だから俺は迷うことなくハッキリと言い切った。

「そんなことないだろ」

「え……？」

「驚きはしたけど、気持ち悪いなんてことあるわけないだろ。むしろかっこいいよ」

「――ッ!!」

どんなことであろうと、自分の信念を貫く人の姿はかっこよく、美しいものだ。

どこに気持ち悪いと感じる要素があるのか。

けれど今まで植え付けられたトラウマから、ステラは疑念が拭えないようだ。

「ほ、本気で言ってるの？　女の子なのに『僕』とか言ってるんだよ？」

「そんなの個人の自由だろ。少なくとも俺は絶対に気持ち悪いなんて思わない」

「そっか、そっか……」

ステラは軽く頷きながら、自分に言い聞かせるように言った。

俺の真剣な眼差しを受け、少しは納得してくれたようだ。

すると彼女の中で何かがふっきれたのか。それとも俺に心を許してくれたのか。

今まで固く閉ざしていた重い口を開き、奥底に隠された思いを語り始めた。

「僕ね……憧れた人がいるんだ」

ステラは過去を思い返しながら言う。

彼女の視線はどこか遠い場所に向いていた。

一度口火を切った彼女の勢いは、とどまる様子を見せない。

ステラは、俺が相槌を打つ暇もないほどに続けて語る。

「その人はね、『私』と同じ女性なんだけど凄くかっこいいんだ」

「いつもはフードを被ってるんだけど、その隙間から見える顔は凛々しくて、でもちょこんとはみ出てる長い耳は可愛くて」

「そして誰よりも強い。平気な顔で強力な魔術を何発も連続で撃つの。私は昔、そんな凄い魔術師に助けてもらったんだ」

「だから私はその人に憧れた。自分の芯は絶対に曲げない、そんな女性に——『僕』もなりたかった」

ステラは嬉しそうに続ける。

「幸いにも僕は中性的な見た目だったから、容姿からでも彼女に近づこうかなと思って」

流石に耳は長く出来なかったけどね、とステラは苦笑まじりに付け加えた。

ステラの様子を見るに、性別を間違えられることはさほど気にしていないらしい。

彼女が気にしていることはただ一つ。

そんなかっこよさに憧れる自分を受け入れてもらえるかどうかだけ。

「分かるよ。俺も似たような感じだから」

「似たような感じ？」

「俺にもいたんだ、俺に道を示してくれた師匠が」

ステラのように素晴らしいものでも、誇れるものでもないかもしれない。

けれど俺にとってあの男との出会いは、自分の中の常識の全てを覆すほどのものだった。

「周りからは蔑まれたし、反対もされた。でも家族だけは俺の味方をしてくれたんだ」

父だっていつも部屋から俺を連れ出そうとするものの、無理やり引きずりだしたことは一度もなかった。たとえ今日俺が学院に行かなくとも、父は俺を責めなかっただろう。

母はいつも俺を見守ってくれて、兄は支えてくれて。まぁ妹に関しては少し手厳しいけど。

「だから俺はここまでやってこれた。俺が俺のままでいられたんだ」

この学院に通うことにしたのも恩返しの意味を含んでいる。

家族を安心させるために、家族に感謝を伝えるために。

少しでも親孝行出来るのであればと思い、俺はあの安寧の地である王城から出た。

しかし当然、学院に通うと言っても、学院の中では引きこもりを追求させてもらう。そこに関しては俺が俺たる所以なのだから譲れはしない。

「もしかしたら、俺はステラより恵まれてるのかもしれない。でも、だからこそステラの気持ちはよく分かるし、気持ち悪いなんて絶対に思わない」

「…………」

「堂々としてたらいいんだよ。言ったろ？」

俺は戸惑うステラに微笑みかけながら言った。

「自分の芯は絶対に曲げない、そんな女性に憧れたって」

「――っ!!」

ステラはビクリと体を小さく震わせ、息をのんだ。

驚いたかと思うと、今度は彼女の瞳からどわっと涙が溢れた。

「うぅ……う、うぅ……」

「なっ!? ごめん! 言いすぎたかも」

「いや、違うんだ……うぅ……嬉しくて……今まで真実を告白しても誰にも受け入れてもらえなかったから……」

ステラは溢れ出る涙を一生懸命拭う。

しかし、その涙は止まることを知らない。

「ありがとう……ニート君」

ステラは嗚咽(おえつ)まじりに感謝を告げた。

青空色(スカイブルー)の瞳から零(こぼ)れた大粒の涙が、頬を伝っては落ちる。

そんな彼女の姿が俺にはとても美しく思えた。

ステラが泣きやむのを待ってから、俺たちはクラス表が貼られている掲示板へと向かった。

もう時間に余裕はないが、クラス活動にはぎりぎり間に合うだろう。

「ごめんね、情けないとこ見せちゃって」

ステラは涙で赤くなった目を誤魔化すようにはにかむ。

いつもくだらない魔術や便利魔道具を創っている俺だが、赤くなった目を治す魔術や魔道具は持ち合わせていなかった。

今度創ろう。絶対に。

「もうすぐ掲示板があるところに着くはずなんだけど……あっ！　あれじゃない？」

ステラはそう言うと、掲示板まで駆け足で向かった。俺も彼女の後についていく。

掲示板の前に立つと、そこにはAからEまで五枚のクラス表が貼られていた。

「うわぁ、見つけるの大変そう……」

「手分けして探した方が良さそうだな」

新入生の数は百名を超す。クラス表にはぎっしりと名前が記されているため、そこから自分の名前を見つけるのは容易ではない。

なのでステラがEクラスから、俺がAクラスからと分担して順に名前を追っていく。

先に俺たちの名前を見つけたのは、下から探していたステラの方だった。

「あ、ニート君！　同じクラスだよ！」

「本当？　それは良かったな！」

ステラは子供のように嬉しそうにはしゃいでいる。

彼女は手のひらをこちらに見せてきた。ハイタッチしようということなのだろう。

俺も彼女の小さな手に自分の手のひらを合わせて喜ぶ。

念のため俺もクラス表に目を通したが、間違いなく二人の名前が記されていた。

「僕、友達が一人もいないから、ニート君がいてくれて安心したよ」

「俺も内心かなりホッとしてるよ、友達一切いないし」

「えぇ!?　ニート君、人当たりいいし、優しいし。いっぱい友達いそうなのに……」

どうも、十年間引きこもってる穀潰しです。

当然そんな俺に友達なんているわけもなく、話すのは家族か執事や侍女(じじょ)だけ。

なのに、こんなにも優しい友達が出来たのだ。もうね、感謝しかない。神様ありがとう。

「でもEクラスか……」

俺はステラと同じクラスであればどのクラスになろうとどうでもいい。

だが、ステラに関してはそうも言っていられないだろう。

彼女は自分がEクラスと知ってしまえば悲しんでしまう。そう思っていたのだが、

「僕もさっきまでは気にしてたけど、もうなんでもいいよ！　これから僕たちが成長していけばいいんだから！」

ステラは小さな握りこぶしを作って、意気揚々(いきようよう)と言った。

今の彼女の表情はさっきよりもすっきりしたように見える。

「それもそうだな。これからもよろしくな、ステラ」

「うん！　末永くよろしくね、ニート君！」

お互いに顔を見合わせ、俺たちはふっと笑い合う。

そしてともに肩を並べながらEクラスの教室へと向かった。

Eクラスに着くと、教室の前には一人の男性が立っていた。その立ち振る舞いを見るに、俺たち生徒を待っているようだ。男性に近づくと、予想通り声をかけられた。

「君たちはEクラスの生徒かね？」

「はい、ステラです」

「ニートです」

俺たちが名乗ると、男性はすぐに手元の名簿に目を通していった。そして俺たちの名前を見つけてペンでチェックを入れる。

「よし、これで最後だな」と疲労感をあらわにしながら言った。それから、親の出席がなかった俺に、保護者宛ての書類を渡してくる。

「教室には入ってもいいんですか？」

ステラはそわそわしながら男性に尋ねる。新しいクラスを前に、楽しみと緊張が入り混じっているように見える。

けれど男性は首を左右に振った。

「いや、実は今日、このクラスの担任が学院に来ていなくてね。クラス活動は明日からになった。私はその連絡役みたいなものさ。悪いが、今日はこのまま帰ってくれ」

この男性が担任だと思っていたのだが、どうやら違うらしい。

しかし入学式に担任が来ないというのはいかがなものか。

クラス活動が中止になるなど常識的に考えて普通ではないはずだ。隣にいるステラも怪訝（けげん）そうな表情をしていた。そんな戸惑う俺たちを見て、職員の男は同情するように呟く。

「それにしても君たちも可哀そうだな。あんな奴の生徒になってしまって……」

「「え？」」

俺とステラは思わず、素（す）っ頓狂（とんきょう）な声を上げてしまう。

まさか学院の職員ともあろう人間からそんな言葉が出てくるとは、思ってもいなかったのだ。

「まぁ底辺のEクラスにあいつを当てるのも仕方ないか」

職員は勝手に一人で納得するように言った。その言葉から察するに、確実に良い意味ではないだろう。

「君たちもこの一年は覚悟した方が良いぞ」

そう言い残して、職員はいそいそと去っていく。担任についてもう少し詳しく聞きたかったのだが、これ以上は話してくれそうになかった。

また二人だけに戻ると、ステラは小声で俺に聞いてくる。

「もしかして僕たちの担任、ハズレなのかな？」

「まぁあの職員からしたらそうなんだろうな」

「ちょっと怖くなってきたかも……」

先ほどまで学園生活に胸を躍（おど）らせていたステラだが、今では肩を落としてしゅんとしていた。

彼女は怖い鬼教師のような先生を想像しているのだろう。

ただ、俺の予想ではあるが、あの職員の態度からしてそういう意味ではない気がする。

「初日から来てない先生だからな。怖いとか厳しいとかじゃないと思う」

「そっか……そうだよね！」

俺が説明した途端、再びステラの瞳には光が灯った。

感情の変化が実に分かりやすく面白い。本当に子犬のようだ。

「この後って、もう放課後扱いで解散だよね？　ニート君はどうするの？」

「う～ん。学院に残ってもすることないしな……」

せっかくの登校初日だ。寄り道してみたいと一瞬思ったが、街で遊べるほどの耐性は、流石に外に出て一日目の俺にはついていなかった。

ステラも特に何かを提案することはなく、結局、何をするか決まらなかったので、自然にその場でお開きとなった。

俺はステラと別れたあと、トイレへと向かった。

アレクの言いつけ通り、転移魔術は人前で使わない方が良い。人気（ひとけ）のない場所はいくつか見つけたが、万が一にも、生徒や職員に見られてはならない。

そのため、俺は下校をトイレの個室で行うことにした。

衛生面的にどうなんだ、という点については俺も思う。ってか普通に嫌だよ。でも今は仕方がない。学院に慣れたら、ゆっくり他の場所を探してみるのもいいかもしれない。

ついでに我慢していたトイレを済ませてから、俺は転移魔術を行使した。

「無の加護のもとに。創作魔術【転移】」


王城の自室に転移すると、俺は学院の制服をベッドに脱ぎ捨て、いつものゆったりとした部屋着に着替える。

その後、真っ先に部屋を出て玉座の間へと向かった。玉座の間にはその名の通り玉座があり、父の国王としての仕事場でもある。大抵の場合、父はその部屋にいるはずなので、俺は一直線に向かう。

玉座の間に着くと、俺はコンコンコンと巨大な扉をノックしてから中に入った。

この場に足を踏み入れることが出来るのは、ごく一部の人間と王族だけだ。

俺は第二王子なので当然、顔パスで入れる。

「失礼します。父上に相談があって来ました」

「おおぉ、ニートか。お前がここに来るなんて珍しいな」

玉座に座っている父は物珍しそうに俺に視線を送ってきた。

そんな父の手や膝の上にはいくつもの書類が見える。俺が入ってくるまで書類たちと睨み合っていたのだろう。

　最近は他国の情勢が乱れており、いつ戦争が起きるか分からないと父は危惧（きぐ）していた。

　それらの情報収集や改善策を練るため、最近は毎日夜通しで働いている。本当に尊敬出来る父であり、国王だ。

　本来なら国王は専用の部屋で執務を行うのが普通なのだろう。しかし父はどうしてもこの玉座の間でやりたがる。

　机も、書物置きも、何もない。飲食だって禁止。ただ豪勢な椅子が一つあるだけ。

　そんな質素な空間だが、父曰（いわ）く、ここで仕事をした方が何十倍も効率が良いらしい。調べたことがないので定かではないが。

「相談とは俺の名前の件です」

「名前？　何のことだ？」

「学院での俺の名前のことですよ」

　俺は学院内で自分の名前を何度も見た。大講堂での席の場所。クラス表。そして保護者にと託された書類。

　それらの名前は全て『ニート・ファン・アヴァドーラ』ではなく『ニート』と記されていた。

「王族ではなく平民として登録されていたので、何か理由があるのかなと」

　この国では大きく三つの身分に分けられる。

王族――国を統治する者であり、最上位身分に当たる。
貴族――貴族の中にも中流、上流などと区分があり、平民より財力や武力を持っている者たち。
平民――一般民衆。この国の約九割が当てはまる。

そして、その身分を分かりやすくするために工夫されているのが名前だ。

名前だけだと平民。姓があると貴族。ミドルネームまであると王族ということになる。

そのため『ニート』とだけしか書かれていなかった俺は、魔術学院では平民扱いということだ。

「は？　ま、まさか……お前、学院に行ったのか？」

「父上が行けって言ったんじゃないですか」

何故か驚いている父に俺は首を傾げてしまう。

てっきり帰ってきたら褒めてくれると思ったのだが、何を驚いているんだろうか。

「え？」

「え？」

お互いの予想外の反応に戸惑う。

このままでは話が進まないと思った俺は、学院から持って帰ったものを父に手渡した。

「あ、これ書類です」

「書類？」

「はい、保護者会っていうものがあったらしく、そこで配られたものです。父上も母上も来られてなかったので、職員さんが親御さんに渡しておくようにって」

先ほどクラス前で職員からもらった紙だ。今後の行事予定やら学院案内やら色々書かれている。

「「……………」」

何故か俺たちの間に気まずい沈黙が流れる。別に俺は何かおかしなことを言ったつもりはないのだが。

するとそんな沈黙を破って、父が急に叫び声を上げた。

「しゃ、シャーロットおおぉぉぉぉぉぉ！　緊急事態だあああぁぁぁぁぁ！」

「うわっ」

その叫びは王城全体に響くかと思うほどのものだった。つい、俺も驚いてビクリと体を震わせてしまう。

数分して、その叫び声が本当に届いたのか、それとも衛兵が呼んだのか、母が玉座の間にやってきた。

「もう、あなたったら、そんなに叫ばなくとも分かりますよ」

「き、緊急事態だ！　ニートが、ニートが……！」

「落ち着いてください。ニートちゃんがどうしたんですか？」

「ニートが入学式に行ってきたそうだ！　この王城の外に、ニートが出たんだよ！」

「ふふっ、面白い冗談ですねぇ。何かのドッキリですか？」

慌てふためく父の言葉をあっさりと母は笑い捨てる。

まぁ証拠もなしに、十年引きこもっていた息子が急に外に出たなど言われても、信じる方がおかしいというもの。

なので俺は自分の口から母に告げた。

「いえ、母上。本当ですよ。新しく友達も出来ました」

「ほんとに？」

「はい」

「………………」

真剣な表情で頷くと、母は黙り込んだ。俺が冗談を言っていないと理解してくれたのだろう。

すると夫婦似た者同士というべきか、黙り込んでいた母は、溜めていた感情を爆発させるように声を上げた。

「え、ええええええええぇぇぇぇぇぇぇ⁉」

いつも目を細めている母だが、今回ばかりは限界まで目を見開いている。

そして俺の両肩を掴み、前後に揺らしながら聞いてきた。

「ニートちゃん⁉　貴方は私の息子よね⁉」

私のだらしない血が流れているのに⁉　と付け加える。

母の言い分も分からないこともないが、それで真偽を確かめるのもどうかと思う。

「ど、どうして急に学院に行ってくれる気になったの⁉」

「昨日父上に脅されたり、学院の授業は室内だからなど、色々理由はありますけど……」

きっかけは昨日の出来事で、授業が屋内というのは後付けの理由に過ぎない。

俺が学院に通おうと決意した一番の理由は――

「まぁ一番は親孝行しないとなと思って……」

「「……っ！」」

俺は羞恥心を感じながらも少し小さな声で答えた。

それを聞いた父と母は、今度こそ冗談抜きで唖然としている。

数秒もすれば、父の瞳から小さな涙が溢れ出しそうになっていた。

母も表情にこそ出していないものの内心、かなり喜んでいるようだ。母は嬉しいことがあるとすぐに耳を触る癖があるので分かりやすい。

あまりしんみりとした空気になられても困るので、俺は話を元に戻した。

「それで父上、俺の質問の答えは？」

「あ、あぁ、平民で登録した理由だったな！　一つ目は既に分かっているだろうが、ニートが本当に学院に通うとは思っていなかったからだ」

昨日、父はこう言った。

『王族ともあろう人間が不登校なんて許されるわけがないからなぁ？』

そう、王族が学院に行かなければ、それも行きたくないからなどといった理由であればそれだけで大問題だ。しかし平民となれば別だ。不登校であろうと、不良であろうとそこには身分のプライドが存在しない。良くも悪くも全て個人の責任だ。

長い間学院に通わなければ退学処分になるだろうが、それでも父は一縷の望みに賭けたのだろう。俺が万が一、学院に通う気になるという可能性に。

「もう一つはニートを動きやすくさせるためだ。お前はアレクとは違って何にも縛られない方が楽だろうからな」

「助かります」

もし王族であれば妙に畏まられたり、敬われたりする。入学式で見たアレクがそれの良い例だろう。

だが平民であれば、ステラとも対等な関係でいられる。それが俺の一番の望みだ。

俺は父の言う通り、王族の意地もプライドも何もないため、平民である方がありがたい。

「もし辛かったら無理して学院に行かなくてもいいいんだぞ……？」

父は俺を心配するように言う。

今日まで毎日、王城から出そうとしていたにもかかわらず、本当に出るとなったらこれだ。つい笑ってしまいそうにもなる。

しかし俺は父を安心させるよう、首を左右に振った。

「いえ、一度決めたことですから。最後までやり遂げます」

「そういうところもシャーロットに似てるな」

「ふふっ、学院でのニートちゃんの活躍が楽しみだわぁ」

とても嬉しそうに父と母は微笑む。

俺は今まで引きこもり、穀潰士とまでレッテルを貼られたようなダメな息子だ。両親には多大な迷惑をかけただろう。

それでもこんな俺を二人は心配して愛してくれている。

本当に俺は環境に、そして家族に恵まれていると思う。

「そういえば兄さんはまだ帰ってないんですか？」

「そろそろ帰ってくる時間だと思うが、どうしたんだ？」

「学院のことについてもう少し聞いておこうかなと思いまして」

事前に色々学園について調べておいたとはいえ、完全に不安が拭えたとは言えない。

十年引きこもっていたのだ。少しぐらい常識が抜け落ちていてもおかしくない。

困ったことがあれば頼ってくれ、そう生徒会長（アレク）が言っていたので早速頼らせてもらおう。

「では、アレクが帰ってきたら伝えておこう」

「はい、では失礼します」

両親に軽く頭を下げ、俺は玉座の間を後にした。

ニートが去り、嵐が過ぎ去った後のように、玉座の間に静けさが戻る。

現国王、グレイはボソリと口にした。

「三番、いるか？」

「はっ！」

グレイが口にした途端、どこからか一人の男が現れた。黒い服に身を包み、不気味さを醸し出している。三番と呼ばれた彼は、国王グレイ直属の諜報部隊に勤めている男だった。

「報告しろ」

「はっ！　ニート様は先ほどまで一度も自室から出ておりませんでした」

「絶対か？　見逃していたんじゃないだろうな？」

「いえ、一時も目を離すことなく監視していたので間違いありません」

グレイは彼に一つの役割を与えていた。

それはニートの監視兼護衛だ。

もしニートが部屋を出て学院に行くようなことがあれば国王に報告し、ニートを陰から護衛する。それが彼の使命だった。

だが、彼はグレイに一度も報告を入れなかった。それはニートが一度も部屋から出ていないことを示す。

「ならニートが嘘をついて――」

「いいえ、ニートちゃんは絶対に嘘はつかない子だわ。それは貴方も知っているでしょう？」

「それはそうだが、ではこの状況をどう説明する……」

シャーロットの言葉に頷くグレイだが、納得出来ないことの方が大部分を占めている。

ニートは一度も自室から出ていないのに、入学式に出席していたのだ。

三人はそんなありえない状況に頭を抱える。

すると、悩む三人に助け舟を出すように、一人の青年が声をかけた。

「それに関しては僕が説明しますよ。ニートのことは兄の僕が一番知ってますから」

声の主はもちろんアレクだ。

ニートと入れ違いになるように、アレクが玉座の間へとやってきた。

「アレク、帰ってたのか。今日は帰りが遅くなるんじゃなかったのか？」

「そうね。ソフィアちゃんのお見舞いに行くんじゃなかったの？」

国内唯一の大公であるエルドワード家の一人娘、ソフィア・エルドワード。彼女が今朝、他国の刺客に襲われた。

この情報はすぐに王族と一部の貴族だけに伝えられた。

本来なら全国民に知らせるべき情報なのだが、今はまだその時期ではないと国王のグレイが判断したのだ。

いつ戦争が起きてもおかしくない状況の中、他国から刺客が送られてきたなどと知れば、国民の不安を煽る材料にしかならない。

「お見舞いに治療院に行ったのですが、先輩はいなくて……」

ソフィアは国立魔術学院の元生徒会長であり、アレクが最も敬っている三年の先輩でもあった。

そのためアレクも学院が終わり次第、すぐに治療院に向かったのだが、その時には既にソフィアは退院していた。

ソフィアを診た治癒者曰く、彼女はそこまで重傷ではなかったらしい。

それもこれも、全てソフィアを助けた誰かのおかげだ。

「それにしても誰が刺客を倒したのでしょうね？」

「刺客は何かで無理やり眠らされているため、拷問しようにも出来んしな」

シャーロットとグレイは眉をひそめる。

この事件は無事に解決したとはいえ、未だに謎が多かった。

一番の謎は誰が刺客を倒したかということである。

ソフィアからの事情聴取によると、刺客の実力は王宮魔術師にも並ぶほど。すなわち、この国の中でも上位数十名に入るほどの実力者だ。それほどまでの実力者を誰が倒したのだろうか。

「私どもも総動員で情報を集めていますが、未だに大した結果は掴めていません……！」

三番は申し訳なさそうに告げた。

あの路地裏には、戦闘をした痕跡があまり残っていなかった。たとえ国王直属の諜報部とはいえ、証拠がそれだけでは限界があったのだ。

「当の本人も、助けてくれたのは『知らない男』の一点張りだったからな」

彼女も必死であったため、自分のこと以外を気にする余裕がなかったらしい。

まぁ、何キロも追われ、殺されかけたのだ。そんな記憶を思い出せというのも酷な話だろう。

「三番、もう帰っていいぞ」

「はっ！　失礼します！」

国王の指示が出ると、三番は一瞬でその場から姿を消した。

ちなみにこの姿を消す方法は、影魔術の上級魔術である【影分身】が使われている。国王から呼びだされた三番本人は、そもそも玉座の間には来ていなかった。

準備していた影分身を登場させて、用が終われば消滅させる、といった方法が用いられていた。

「さて、どうしたものか……」

二人がうーんと唸っている中、再びアレクが話の口火を切った。

「その刺客を倒したのは恐らくニートです」

「そうか、ニートか………は？　今なんて？」

あっさりと告げたアレクに、グレイは思わず聞き返す。

シャーロットも言葉を失っていた。

「ですからその刺客を倒したのはニートでしょう。あいつ以外いません」

「あっはっは。何を言ってるのだアレク？　急にどうした？」

普段から冷静沈着、王族としての作法も完璧なアレク。

彼がこのような場で冗談を言うような人間ではないと、二人とも理解している。

「先ほどの、ニートがどうやって登校したのかという点ですが、答えは簡単です。『転移魔術』を使ったんですよ」

「『転移魔術!?』」

「はい、今朝ニート本人の口から聞きました。この王城内でも何度も利用しているようです」
「……何の冗談だ？」

グレイは威圧感のある鋭い眼光をアレクに送った。

だが、アレクは動じない。

「それにニートが入学式に出席しているのは僕が証明します。生徒会挨拶で入学式に参加した際、あいつを見つけましたから。それに出席記録にも残っているでしょう」

それはニートが登校しているという何よりの証拠だった。

「アレクちゃん、転移魔術って誰でも使えるの？」
「いえ、転移魔術なんて空想上のものです。絶対に誰も使えませんよ」

シャーロットの質問をアレクはすぐに否定する。

「アレク、急にどうしたんだ？　お前らしくない」
「そうですね……ではこれで証明しましょう」

言葉だけでは信用してもらえないと判断したアレクは、肩にかけていた鞄を手に持つ。

これは彼が普段から利用しているもので、学院に通う時も使用している。

「これは去年ニートからもらった誕生日プレゼントです」
「鞄か？　それがどうした？」
「実はこの鞄、魔道具なんですよ。【完全空間収納術（エグゾ・ディザイア）】と【完全保存術（エグゾ・キプス）】、【完全遮断結界術（エグゾ・アイギス）】が施（ほどこ）されています」

「「は？」」

アレクから語られた数々の奇妙な魔術に、二人は唖然とする。

魔術なのだろうということはギリギリ分かる。しかし、その意味や効果は、アレクが説明するまで誰も分からなかった。いや、ありえない事象を脳が拒絶したというべきか。

「要するにこの小さな見た目で、何をどれだけ入れていても大丈夫なうえに、外傷は絶対につかないため永遠に使え、中身の劣化もないということです」

「「…………」」

グレイとシャーロットは完全に黙り込んでしまった。

説明されたからといって、納得出来るかどうかは別の話だ。

「あ、アレクちゃん！　少しそれを貸してもらってもいい？」

「どうぞ」

「手荒なことをしても？」

「ええ、何をされても大丈夫です」

最初に行動したのはシャーロットだった。

彼女は口角を吊り上げながらアレクから鞄を受け取る。

「じゃあこれに……」

それからシャーロットはぶつぶつと何か口にし始めた。

アレクとグレイはその様子を黙って見守っている。

「初級魔術【火球(ファイアボール)】」

手荒なことをすると言った矢先、シャーロットは躊躇(ためら)いもなく魔術を放った。

彼女から放たれた火の球は見事にアレクの鞄に直撃する。

普通の鞄なら焼け焦げるはずなのだが――

「あら、本当に無傷だわ」

傷一つ付いていないという結果に、シャーロットは目を輝かせた。

それから彼女は鞄の中に手を入れたり荷物を取り出したりと、楽しそうに魔道具に触れ始めた。

まるで玩具で遊ぶ子供のようにはしゃいでいる。

グレイはやれやれといった様子で、シャーロットを見ている。

ただ、それほどまでの魔道具が目の前にあるのも事実。これでアレクの言葉が真実であるということも証明された。

このままでは話が進まないと判断したグレイは、単刀直入に話を切り出す。

「アレクから見て、ニートの実力はどのくらいのものだ」

「そうですね……実力と言っても色々種類はあると思いますが、才能で言えば世界一です」

「「――っ」」

二人は静かに息をのんだ。規格外すぎて声を発することすら憚(はばか)られる。

人間は驚きを通り越すと大声を上げるどころか、黙り込んでしまうというのは本当のようだ。

アレクは現在、自分の年代では群を抜く実力を持っている。

その活眼（かつがん）が大きく外れることはなく、たとえ誤差はあろうと、留保なしで世界一などと言うはずがない。それもアストリアの国王の前で。

それでもアレクがそう言ったということは、ニートがそれほどの強者ということである。

「三英傑（さんえいけつ）よりニートの方が強いということか？」

三英傑。それはアストリア国を守護する最強の三柱を指す。


一人目は『勇者』。剣と魔術を組み合わせた戦（いくさ）の天才。

二人目は『賢者』。この世界で最も魔術に長（た）けていると言われている。

三人目は『影の王』。先ほどグレイに呼び出された諜報部の部隊長をしており、この世の全ての情報を持つと噂されている。


その実力は、三人で一国を滅ぼせると言われるほどであった。ちなみに、彼らの性別や年齢は王族以外には誰にも明かされていない。

「強い、と言うと語弊（ごへい）がありますが、才能は三英傑よりも圧倒的に上ですね」

グレイの質問にアレクはきっぱりと断言した。

あの魔道具を見てしまえば、二人も息子の実力に納得せざるを得なかった。

「井の中の蛙（かわず）。その逆もしかりです」

井の中の蛙大海を知らず。

狭い自分の世界にとらわれ、外の世界を知ろうとしない道化を指す。

ニートを蛙に例えたら、引きこもりという点も含め、全ての要素が当てはまるだろう。なのに彼は諺の通りにはならず、正反対の道を進んでいた。

「ニートはあの部屋の中に引きこもり、外の世界を知らなかったからこそ天才になれた。あいつの常識は、英雄譚や空想が大部分を占めてます」

ニートはこれまで伝記や空想本を頼りに、魔術や魔道具の創作に勤しんできた。

そのような妄想や空想上の事象を実現しようとするなんて、普通は誰かが異常だと指摘するだろう。

しかし、ニートにはそんな存在がいなかった。彼の歩みを止めようとする者がいなかった。

だからこそ彼は限界という言葉を知らずに進み続けられたのだ。

「まぁ多少は自分が強いと自覚はしているようですけど、それでも一般人レベル、僕よりは弱いと思い込んでいるでしょうね」

もし規格外の化け物が、自分を一般人と同じレベルだと思い込んでいるとしよう。

そんな男が初めて外に出て、さらには同年代が多く通う学院に行くのだ。

何が起きるか誰にも絶対に予想出来ない。神のみぞ知る、などという言葉もあるが、たとえ全知の神であろうと予想不可能かもしれない。

「故意にニートの実力を隠していたな？」

「えぇ、その通りです」

「……何故このことをもっと早く言わなかった？」

グレイはほんの少し語気に怒りを含んで問う。

おおよその感情の矛先（ほこさき）はアレクではなく、息子から信頼に足ると判断されなかった自分自身にだろうが。

「情報が広まれば大事な弟を利用される可能性がありましたから。それに、それはニートが望むことではありません」

「………………」

グレイは腑（ふ）に落ちたように押し黙った。

ニートは自分が目立つことを嫌う。出来るだけ影の内に居ようとする。

もし、これほどの実力があると知られれば、こぞって彼を利用しようとする大人が現れるだろう。それは国内の権力闘争に留まらず、最悪、国が動くような戦火の火種になりかねない。

「なら何故今さら打ち明けた？　隠したままの方が良かっただろうに」

「あいつはもう物事を自分自身で判断出来るまで成長しましたから。実際、学院にだって自分の意思で登校しましたし」

とアレクは言い繕ったが、実際はもう隠し切れなかったという方が正しい。

学院に行けば、自然にニートの異常な力は明らかになるだろう。

そして、今まで無自覚だったニートも自分自身の立ち位置を自覚するはず。

であれば、せめて両親には事前に伝えておいた方がいいだろうと考えたのだ。

「では、僕もこれで失礼します」

要件を話し終えたアレクは二人に一礼してから玉座の間を去る。

去り際のアレクは、いつもの彼にはあまり似つかわしくない歪(いびつ)な笑みを浮かべていた。

「「はぁ……」」

対して、残された大人たちはただただ、事の重大さに頭を抱えることしか出来なかった。

二章　外の世界

「んん……ふぁぁ……」

俺はゆっくりとベッドから体を起こす。

閉めていたカーテンを開けると、眩(まばゆ)い朝日が目に染みた。久しぶりにぐっすり寝られた気がする。

普段から部屋の中で運動しているため、筋肉痛だったとか、疲労が溜まっていたわけではない。

となると心の問題だろう。学院に通ったことで、今まで密(ひそ)かに溜まっていたストレスなどが解消されたのかもしれない。

実際、ステラと話すのは楽しかったし、意外にも今日からの授業が楽しみだったりもする。

え？　それだと引きこもれないじゃないかって？　そりゃあ、出来ることなら引きこもりたいし、家の中で授業を受けられたらどれだけいいか。ただそんなことは現実的に不可能なので、割り切っているだけだ。屋内であれば許せるほどの寛大(かんだい)さは俺も持ち合わせている。

「今日も学院か。八時までは時間あるよな？」

ぼやける目を何度も擦りながら、時計に視線を移す。

時計の針は短い針が七と八の間にあって、長い針が六を指していた。現在時刻は七時半。まだかなり余裕がある。

俺は寝間着を脱いで制服に着替える。そして机に用意されていた朝食を胃に流し込む。

それから寝癖を直して髪を整え、身支度をした。

「まだ二日目だし、早めに登校しておいた方がいいよな」

そう自分に言い聞かせて、俺は魔術を使う準備をする。

目標の座標は、ステラと二人で会話をした中庭。

帰る時にトイレから転移するのは構わないが、登校時に使う場合、もしそこに人がいたら悲惨(ひさん)な状況になることは容易に想像出来る。

「創作魔術【転移】」

魔術名を口にした瞬間、俺の視界は真っ暗闇に包まれた。

そして再び視界が戻ると、俺は目の前に広がる光景に違和感を覚える。

そこは魔術学院などではなかった。昨日と同じ人気のない路地裏である。

「ん？　座標を間違えたか？」

いや、確かに俺は転移先を魔術学院の中庭に設定していた。であれば、何かしらの影響で転移魔術が阻害されたということになる。

「クゥーン」

「ん、鳴き声？」

そんな可能性を考えていた俺の思考を遮るように、何か動物の鳴き声が聞こえた。

俺は急いで鳴き声のした方へと向かう。

「なっ！」

そこには傷だらけの黒い小動物が横たわっていた。

犬だろうか、狼だろうか。種類は分からないものの瀕死(ひんし)の状態であるのは確かだった。

俺は急いで治癒魔術を使って小動物の傷を癒(いや)す。それでも流れた血や疲労までは回復しないため、ぐったりとしていた。

「どうしようか……」

動物を魔術学院に連れて行くわけにはいかない。かといって、この子をこのままここに置いて行くわけにもいかない。これほどの傷を受けていたのだ。一人にさせておくのは酷な話だろう。

普通、動物を飼う場合首輪をつけるのが常識だ。しかしこの小動物は首輪をつけていないため、飼われている可能性はかなり低い。

「一回家に連れて帰ってもいいか？」

「クゥン」

俺が尋ねると、この小動物は小さく首を縦に振った。言葉が理解出来ているとも思えないが、俺はそれを了承の合図と捉え、その体に触れる。

転移魔術は、術者が対象者に触れていれば一緒に転移することが出来る。このままここにいても埒(らち)が明かないので、一度王城に連れ帰ってみることにした。

転移魔術で王城に戻ると、俺はひとまず母のもとへと向かう。

俺の予想通り、母は王城内の庭園で木々や花々の世話をしていた。

「母上、少しお時間よろしいでしょうか？」

「あらニートちゃん。その子はどうしたの？」

「登校中に傷だらけだったところを見つけてしまって、放っておくことも出来ず……」

それから俺は、母にこの小動物を連れて来た事情を説明した。

聞き終わった母は少し考えた末に、一つ提案をする。

「じゃあ王城で飼う？」

「え？　いいんですか!?」

俺は思わぬ反応に声が裏返ってしまった。

「でも昔、父上が絶対に動物は飼ってはいけないって……」

俺が父よりも先に母にこの小動物を見せた理由。それは父が動物を飼うことに昔から反対していたためだ。今まで何度交渉（こうしょう）しても、父は絶対に賛成しなかった。

すると母は口元を押さえながら笑い始めた。

「ふふっ、それはグレイちゃんが動物が好きすぎるからよ」

「好きすぎる？」

「えぇ、動物がいたら、ずっと気になって公務に支障をきたす。だから動物を飼うことに反対してたの」

そう母に説明してもらって、やっと腑（ふ）に落ちた。

いつも父は動物を飼うことを悔しそうに反対していたのだ。

だが、それほど父が動物好きだというのは初耳だった。

「ちょっとだけ母上のもとにいてくれるか？」

「クゥン」

この小動物は頑なに俺から離れようとしなかったが、母を前にするとすぐに離れてくれた。そしてゆっくりと母の足元にすり寄っている。

母はその小動物を優しく抱き上げた。

「ニートちゃん、この子の名前は何ていうの？」

「名前？　えっと……テトです」

名前なんて考えていなかったので、テトは咄嗟に出た名前だった。しかし意外としっくりくる気がする。

「いい名前ね。じゃあ私が責任をもってテトちゃんを預かっておくわ。グレイちゃんには私から言っておくから」

「ありがとうございます。では母上、行ってきます」

「……行ってらっしゃい！」

俺が庭園を出ようと声をかけると、一瞬の間をおいて、母は珍しく声を大にして返事をする。

その声は何故か震えていて、しかしどこか嬉しそうで。

それから俺は庭園を出た後、すぐに魔術学院へと転移した。

今度の転移魔術は成功したようで、しっかり魔術学院の中庭に転移出来ていた。周りにも人はいないため、誰かに目撃されたということもない。

　俺は急いで自分の教室であるEクラスへと向かった。

「ふぅ……間に合った」

　俺はチャイムが鳴る一分前に教室の扉を開いた。

　教室に入ってからホッと安堵の息を漏らす。

　起床時間には余裕があったのだが、テトとの遭遇という思わぬ事件があり遅刻しかけてしまった。

　教室内は前方に教壇があり、その手前に二人ほど座れる席が三列×五列で並んでいる。計算上、最大三十人は収容出来るような教室だ。

　辺りを見渡すと、既にクラスメイトたちは席についており、当然、俺が最後のようだった。

　生徒の数は十人といったところか。どう見ても一クラス単位の数には合わない。

　百人を超える新入生をAからEの五クラスに分けるのだ。もともとEクラスの生徒数が少ないにしても、これでは少なすぎる。

　アレクから聞いていたが、Eクラスだと知った途端、退学する生徒が毎年数人はいるらしい。まさか残った生徒が二十人もいないとは思ってもいなかった。

「ニート君、こっちこっち！」

　どうやら席は自由のようで、一番右後ろの席に座っていたステラが俺を見つけて手招きをしている。

俺は導かれるようにステラの隣の席に座った。

早い時間に登校して、俺の席も取っていてくれたようだ。ステラを一人にするのは悪いから、俺も明日からは早く登校しなければならない。

「ニート君もやるね～、初日から遅刻ギリギリなんて。僕が席を取ってなかったら前の方だったよ？　少しは感謝してほしいな～」

ステラはちょっぴり意地悪な表情をして俺をからかってくる。

実際、彼女の言うことは正しい。確実に俺が遅刻しかけたのが悪い。

そのため、俺はステラに向かって深々と頭を下げた。

「いや、本当に申し訳ないです。ステラ様には心から感謝してます」

「え、えぇぇ!?　ごめん！　本気で言ったわけじゃないんだけど……」

「あっはは！　もちろん分かってるよ」

「もぉ……ニート君の意地悪ぅ」

ステラは小さな頬を膨らませて、怒るような様子を見せる。

すると大きな鐘(かね)のチャイムが鳴り、自然と生徒たちの意識が、教壇へと向く。そこには、チャイムと同時に入って来た担任教師らしき男がいた。

「あぁ……えっと、俺がこのクラスの担任のルーグだ。よろしく」

ルーグと名乗る男性教師は、教壇から気だるげに挨拶をした。全身黒で統一されたスーツを着こなしており、仁王立(におうだ)ちで腕を組む姿には少々威圧感を覚える。

しかし髪は肩まで届くほど長くぼさぼさ。俺の考えていた教師像からはかけ離れていた。
早速、嫌な予感がするのは俺だけだろうか。

「先生！　質問してもよろしいでしょうか！」

「ん？　お前は確か……」

「ロイ・リドリックです」

ロイという男子生徒は勢い良く席から立ち上がった。現時点でかなり優等生感が滲み出ている。
高身長でがっつり鍛えられた肉体。まぁそれだけ揃えば、顔立ちも整っていないわけがない。
何故俺の周りにはこうもイケメンばかり集まるのだろうか。俺の存在が薄れるのでやめてほしい。

「あぁ、リドリック家の長男か。それで質問って何だ？」

リドリック家。それは下流貴族の一つで、現在は男爵の地位を得ている家柄だ。
先々代が平民から成り上がった、現在のところ唯一の、元平民の貴族でもある。
リドリック家と言えば観光業、と言われるほど観光に力を入れており、リドリック家の領地には温泉や娯楽施設など多くの観光地がある。
先々代もその観光業の力で貴族の爵位を得るまでのし上がったのだ。

「どうして昨日、ルーグ先生は入学式に出席されなかったのでしょうか？」

それはここにいる生徒たち、皆が気になっていたことであった。周りの生徒たちも興味深そうに聞き耳を立てている。
するとルーグ先生はあっさりと答えた。

「ん？　だって面倒だったから」

「は？」

「「え？」」

予想外の返答にロイは素っ頓狂な声を上げた。他の生徒たちも唖然としている。

「あんな堅苦しい式典なんか参加してられるかよ。腰痛くならない？」

ルーグ先生は堂々と言い切った。

他人から何を言われようと揺るがない、確固たる信念があるのだろう。

昨日、職員が忠告してきた意味が分かった気がする。これは厳格な生徒や同僚の先生から嫌われるタイプだ。まぁ引きこもりの俺とは気が合うかもしれないが。

「ふざけないでください！　そんな考えで教師が務まるわけが――」

「あん？　なんか文句あんのか？」

「――っ!?」

ルーグ先生は少しきつい口調でロイを軽く一睨みする。

すると先ほどまで言い返していたロイが、急に怯えるように萎縮した。

それほどの威圧感が先生から放たれていたためだ。周りの生徒からも笑みが失われている。

「い、いえ……何でもありません」

「あっそ。じゃあ業務連絡からしてくぞ」

その後、ルーグ先生はこれからの行事予定や学院の成り立ちなどの基本情報を伝えていった。

授業は六限か七限まであり、曜日によって異なる。今日は初日なので授業は少なめで、四限終わりで解散となる。

放課後は部活動をするのも良し、学院内で研究に勤しむのも良し、即帰宅するのも……多分良し。

他の詳細については、必要になってから話すとのことだ。

「最後に、クラス委員長を決めとくぞ。やりたい奴いるか？　いなかったら俺が適当に指名するけど」

「はい！　私にやらせてください！」

予想通りというべきか、ロイが真っすぐお手本のような姿勢で手を挙げていた。

先ほどまで萎縮させられていたのに、この元気なありよう。尊敬に値する。

「他にいるか？」

先生はゆっくりと他の生徒に視線を送っていく。

すると一番右の後方で視線が止まった。

「ん、えっと……ステラか、君もやりたいのか？」

「いえ、推薦したい人がいまして」

「推薦？　誰だ？」

俺の隣でステラが手を挙げていた。

俺以外に知り合いはいないと言っていたが、推薦する相手は誰なのだろうか。彼女は俺よりも先に学院に来ていた。既に友達を作っていてもおかしくない。

まぁ俺なわけが……

「隣にいるニート君です！」

「え？」

ん？　なんて？

「他はもういないな。じゃあニートとロイで……」

「ちょ、ちょっと待ってください！　俺は委員長なんてやりたくないですよ！」

俺は思わず声を上げる。

委員長なんてやってみろ。引きこもれる時間が減るのはもちろんのこと、せっかくの平民なのに礼節ある行動を意識しなくてはならない。

だから俺は絶対にやりたくないのだ。当の本人が反対していれば推薦だろうと関係ない。

流石にこれは先生も分かってくれるはず、そう思っていたのだが……

「お前の意思なんか知らん。推薦されてんだから男なら黙って受け入れろ」

何だその無茶苦茶な言い分は。

とツッコミたかったのだが、先生が怖いのでやめておいた。

その代わりに委員長をしたがっているロイが反発する。

「やりたくない生徒が委員長なんてありえません！」

うんうん、全くその通りです。もっと言ってやれ。

「うるせーな、俺が候補だっつったらそうなるんだよ」

「っ……ではこうしましょう。多数決で決めるのです。そうすればクラスの総意が――」

「多数決？　なにガキみたいなこと言ってんだ」

またもやロイの言葉はルーグ先生によって遮られた。

見ている側としては、つくづく可哀そうだなと思う。

俺だったらトラウマになるかもしれない。さっきツッコミを入れなくて良かった。

「この世界は実力至上主義だ。この学院では強い奴だけが生き残る」

「「「――ッ!!」」」

それはこの教室にいる生徒の誰もが知っていることだ。それでも改めて言われると、覚悟が足りていなかったようにも感じる。恐怖ではなく、自戒の意味で生徒たちの気が引き締まった。

「一限目は実技に変更な。お前ら二人が委員長の座を懸けて本気でやり合え」

俺の意見もロイの意見も無視して、ルーグ先生は話を進める。

しかしこの教室において先生の言葉は絶対だ。誰も歯向かおうとする者はいない。

先ほどまで反論していたロイも、既に意気消沈気味になっていた。

「ってことで一限目が始まる前に第二訓練場に移動しとけよ。俺も後で行くから」

そう言ってルーグ先生はダラダラとした足取りで教室を出ていく。

残された俺たちはただ放心状態になるしかなかったのだった。

「はぁ、なんでこんなことに……」

俺は訓練場に向かう道中、何度もため息を吐いていた。

その度にステラが俺を励まそうと声をかけてくれる。

「ニート君なら絶対に大丈夫だよ！　応援してるね！」

ステラ曰く、どうしても委員長は俺にやってほしいそうだ。人を惹きつける力があるとか、人を見る目があるとか何とか。そう言われてしまえば、悪い気になんてなるはずもない。

ただ、俺とロイ、どちらが委員長に向いているかと問われたら、普通は誰もがロイを選ぶだろう。まだ会ったばかりだが、ロイには委員長になるべくして生まれてきたような風格がある。

それに比べ俺は委員長とは正反対、どちらかと言えばルーグ先生のようないい加減なタイプだ。

第二訓練場に着くと、正面入口には既にロイを含んだ八人の生徒が集まっていた。どうやらまだ鍵が開いていないらしく、入口で待たされているようだ。

ロイは俺を見つけると、こちらへと近づいてくる。そして単刀直入に告げた。

「ニート君、どうか降参してくれないだろうか？」

「なんで？」

「もちろん君と仲良くしたいためだよ。私には弱者を弄ぶ趣味はないからね」

これはロイなりの優しさによる提言なのだろう。

見たところ嘘偽りない本心であり、そこには皮肉も嫌味も一切含まれていない。

「私は一応これでも特待生なんだ。Ｅクラスの生徒は誰も私に敵わないだろう」

ここで一般生徒と特待生の違いについて説明しておこう。

一般生徒の場合、国立魔術学院に入学するためには入学試験を受け、厳しい競争倍率を勝ち抜かなければならない。

対して特待生とは、学院側からスカウトをされ、試験を受けずに入学してきた者たちのことだ。

一見、不公平に感じるかもしれないが、その分、実力は他の生徒たちと比べて群を抜いている。

本来、特待生はその実力からAクラスやBクラスに集められる傾向がある。Eクラスに特待生が在籍しているのは異例だった。何か理由がありそうだが、聞ける仲でもない。

「うん、やはりやめておいた方が良い」

ロイは本気で俺を気遣うように言ってくれた。根っから優しい人間なのだろう。

一般生徒と特待生。常識的に考えると前者が勝つことなど不可能である。

「なぁリドリックさん」

「ロイでいいよ。どうかしたかい？」

「正直、俺は委員長なんてやりたくないし、しんどいから決闘もしたくないんだ」

委員長は当たり前だが、俺は決闘もかなり嫌だった。

決闘なんてすれば無駄に疲労する。外だろうが室内だろうが、俺は争い事が嫌いだ。

そもそも負けることが分かっているのに戦いたい奴なんていないだろう。いるとすれば変人ぐらいだ。

「でも褒美が出るなら別だ。俺が決闘に勝ったら今日の放課後、俺をロイの家に招待してほしい」

ロイの家はリドリック家。観光業が盛んな施設を領地にいくつも持っている。

とはいえ、俺はそんなものに興味はない。

俺が興味があるのはただ一つ。温泉とかいうものだ。

最近、貴族の間で流行しているもので、普通の風呂より何十倍も大きな湯船があるらしい。それに、うろ覚えだが『さうな』という暑い部屋があり、『ととのう』という感覚が最高なんだとか。

温泉はリドリック家の持つ観光施設にもあると聞く。もし決闘の後に、そんなご褒美が用意されているのなら、俺も全力を出せる。

「私の家に？　別にそれぐらいなら全然構わないが。学院からも、馬車を使えばそんなに遠くない」

「よし、なら俺も全力で戦ってやるよ」

せっかく自分の部屋から出てきたのだ。それなら温泉にも挑戦しなければ損というもの。

あの噂の温泉に入れるのなら、俺は運動するのも大歓迎だ。

「何故ニート君が上から目線なのかは気になるが、いいだろう。君に覚悟があるなら私も全力を尽くそうじゃないか」

一方その頃、ルーグはというと。
「だから生徒会長さん。第二訓練場を一限目に使うから鍵を貸してくれよ」

ルーグは訓練場を使用する許可をもらうために、生徒会室に来ていた。

普段使わない部屋を臨時で使用する際は、教師と生徒会の承認が必要となる。

教師に関しては自分自身で許可すれば大丈夫だとしても、生徒会の許可はそうはいかない。鍵を持っているのも生徒会なのだから。

「急に言われても困りますよ、ルーグ先生」

そんなルーグに相対するのが生徒会長のアレクだ。彼は面倒くさそうに会長の席に腰かけている。

高等部二年生のアレクは、本来なら今頃は授業を受けていなくてはならない。しかしアレクの実力は授業内容を凌駕しているため、二年生レベルの授業を受けるのは無駄である。

それに、生徒会長であり王族でもあるため、特例で全ての授業が免除されているのだ。たまに授業を受ける日もあるが、大抵はこうして生徒会室にいることが多い。教師側の立場に近いだろう。

「他に使うクラスないだろ？　何が問題なんだよ」

「そのような態度が問題なんですよ……」

アレクは自分の額を押さえながら唸る。

ルーグは今年で三十歳になるが、実は去年、教師になったばかりの新人である。

傍若無人なうえに、常識外れな行動が多い。教師に求められる資質はほぼないに等しい。

そんな彼が教師になれた理由。それはただただ強いからだ。

アストリア国でもトップクラスと言っていい。魔術学院の教師でも誰も彼には敵わない。

この国……いや、この世界では大抵の者がルーグには敵わないだろう。

学院は教師についても実力至上主義であるため、他の教師たちもあまり彼には文句は言えない。

「そういうのは事前に申請しておくのが常識です。Eクラスの一限目は魔術論理学でしょう？」

「あんな落ちこぼれの奴らに論理なんて教えても無駄だろ」

「ルーグ先生はEクラスの生徒が全員、落ちこぼれだとお思いで？」

「まぁ使えそうな平民貴族が一人いるが、それでも落ちこぼれの雑魚(ざこ)には違いない」

ルーグは考える間もなく、すぐに断言した。

当然アレクは、ニートがEクラスに在籍していることを知っている。ニートが目の前のルーグより強いことも理解している。アレクはルーグを見て、わざとらしく大きなため息を吐いた。

「はぁ～ルーグ先生も所詮その程度ですか」

「あぁ？　王族だかなんだか知らないが大概にしろよ？」

「別に僕は事実を述べたまでです」

大人しくしていたルーグだが、我慢出来なくなったのだろう。アレクの胸ぐらをがっしりと掴み、自分のもとまで近寄せる。

息がかかるほどの距離。あと少しで鼻先が触れ合いそうなほどの近さだ。

「俺は王族だろうと生徒会長だろうと関係ないぞ？」

ルーグは目の前のアレクを睨みつける。しかしアレクもルーグから視線を逸らさない。

いつもなら誰もがその殺気じみた威圧感に怯えて萎縮するのだが、アレクは堂々としていた。

ルーグの瞳を真っ向から見つめ返す。

「ちっ……」

このままでは話が進まないと判断したのだろう。ルーグは押し返すようにアレクの胸ぐらから手を放した。

「ちなみに決闘をするのはどの生徒ですか？」

「そんなこと聞いてどうすんだよ」

「念のためです。そういう情報をしっかりと説明しないから鍵を渡せないんですよ」

「……リドリック家の長男と、平民のニートだ」

「なっ⁉　あっはっは！　それならそうと早く言ってくださいよ！」

ニートの名前を聞いた途端、アレクの雰囲気がガラッと変わる。彼は早速、机の引き出しから一つの鍵を取り出した。

「どうぞ、第二訓練場の鍵です。ただし一つだけ条件があります」

「お、おぉ……何だ？」

アレクの態度の急変にルーグは戸惑いを隠せない。

だが、鍵をもらえればそれでいいので、特に理由は詮索しなかった。

「生徒に危険が及ぶと判断した場合、必ず決闘を中断させてください。約束してくれない場合、この鍵はお渡し出来ません」

「そりゃ担任だからな。平民の子守りはきっちりしてやる」

ふざける様子もなく、ルーグはしっかりと頷いて応える。

彼は自分から望んでこの学院の教師となったのだ。そのため言動こそ荒いが、教師としてのプライドと自覚は少なからずあるらしい。

守る生徒を見誤っていなければ満点の回答だっただろう。

「違います。守るのはニートではなくリドリック家の長男の方です」

「は？」

第二訓練場の入口で数分待っていると、ルーグ先生が鍵を持ってきた。複雑そうな表情をしていた気がするのだが、俺の気のせいだろうか？

訓練場内に入ると早速、先生は説明を始めた。

「ルールは簡単だ。どちらかが降参するか、場外に落ちるか、俺が続行出来ないと判断した場合に勝敗がつく」

俺とロイ、そして審判役のルーグ先生が決闘場に上がる。

決闘場は円形で、意外と面積も大きい。場外に落ちることはそうないはずだ。ちゃんと天井があるので俺的にはこれは室内と呼べる。

他の生徒たちは、決闘場を囲うように作られた観客席に座っている。その中には表情が死んでいる者がいた。俺とロイの決闘が終われば、他の生徒同士でも決闘の実技をするらしく、明らかにそれが原因だろう。

「俺は治癒魔術は専門外だが、外傷なら大抵は治すことが出来る。それに本当に危なくなったら俺が止めてやるから安心しろ」

「ほっ……それなら良かったです」

ロイは張り詰めていた表情を緩める。

俺に怪我を負わせたらどうしよう、とても心配してくれていたのだろう。

正直、俺もその点に関しては気にしていたので、ルーグ先生の言葉を聞いてとても安心した。

「双方、武器を示せ」

先生の指示通り、ロイは腰に差していた長剣を胸元に構える。

どうやら決闘前には武器を見せるルールがあるらしい。改造された危険な武器などを排(はい)することが出来る、実に良い規則だ。

ちなみに、魔術学院という名前だが、全員が魔術師を目指しているわけではない。剣士や非戦闘職になる者もいるし、魔術以外の授業だってある。ロイは剣士志望なのかもしれないな。

それに対して俺は、構えようにも、武器なんてそもそも持っていなかった。

「おい、ニート。武器はどうした？」

「え？　そんなもの持ってないですけど……」

考えてもみてほしい。

十年間王城に引きこもっていた奴が武器を持っていたら、逆におかしいだろう。

武器になりそうな魔道具はあるが、教室の鞄の中に置いてきてしまった。

そういえば、杖などなくとも魔術は使えるのに、王城の魔術師は必ずと言っていいほど杖を使おうとする。魔術師は杖を使わなければならない、みたいな風習でもあるのだろうか。

「まぁ大丈夫ですよ。なくても戦えますから」

「ッ!! ルーグ先生、ニート君もそう言ってることですし、早く決闘を始めましょう」

今まで余裕を持っていたロイだが、何故かこの言葉には憤りを感じたようだ。表情には出していないものの、内心、俺に圧倒的な実力差を見せつけたくてたまらなそうにしている。

(出来る限り頑張ってみるか……)

長い間戦うのはしんどいし、体力を使う。それに何度も魔術を食らうなんて絶対に嫌だ。普段なら負けるふりでもして決闘から逃げているだろう。

でもこの決闘は俺を推薦してくれたステラも見ている。

彼女に醜態を見せるわけにはいかない。ステラに失望なんてされたら俺はショックで不登校になってしまいそうだ。

「……分かった。二人とも定位置につけ」

俺とロイは互いに距離をとり、白線の引かれた定位置につく。

他の生徒たちの中には、興味深そうに見ている者もいれば、既に寝落ちしかけている者もいる。

大抵の生徒はロイが勝つと信じ切っているのか、俺に同情するような視線を送ってきていた。

特待生と一般生徒の決闘だ。結果は見えており、無駄とも思える。

余裕をこいている俺は、他のクラスなら馬鹿にされてもおかしくない。だが、ここに集まっているのは落ちこぼればかり。嗤われる苦しみを知っているからこそ、誰かを見下すようなことは決してしないようだ。

「ではこれより決闘を始める…………始め！」

ルーグ先生の開始の合図によって、ロイは詠唱を始めた。

「火の加護のもとに、烈火なる灼熱の炎で……」

それは火属性の中級魔術【火炎斬撃】の詠唱だった。火炎の斬撃を生み出し、相手に向かって放つ魔術だ。

どうやら剣の中に杖が内蔵されているらしく、ロイはただの剣士ではなく、魔術も使う魔剣士のようだ。ロイを中心にいくつかの魔法陣が形成され、訓練場に熱気がこもっていく。

観戦している生徒たちが声を上げた。

「おいおい……！　あれって中級魔術じゃないか!?」

「流石にあれを食らったらただの怪我じゃ済まないわよ！」

「なんで同じEクラスのくせに中級魔術なんか使えるんだヨ」

魔術には大きく分けて四つの段階がある。

初級魔術、中級魔術、上級魔術、そして最上位の秘儀魔術だ。段階が上がるごとに威力が増し、詠唱の複雑さや長さなど難易度も変わってくる。

そして段階とは別に、魔術には属性という区分もある。

属性は個人の持つ魔力の性質に大きく左右されるため、大抵の人間は魔術は一種類の属性しか使えなかったりする。稀(まれ)に二属性以上使える者もいるが、二種類の魔術を別々に同時に使うことが出来ても、混ぜることは不可能だ。

五属性ほど使える俺も一度は魔術の合成を試してみたが、使えそうな気配すらなかった。

もし合成魔術が使える者がいるのであれば、神と言われても信じるかもしれない。

「早く降参するか、防御魔術を使うかしないと本当に死んじゃうわ！」

「でもあいつ、杖持ってないから魔術は使えないゾ。どうするつもりなんダ？」

ロイの魔術は他の生徒たちがざわつくほどだ。直撃をもらえば危ないのは何となく予想がつく。

あの詠唱が終わる前に決着をつけなければならない。

「水の加護のもとに」

俺は誰にも聞こえないような、小さな声量で詠唱を始める。

ロイはわざわざ皆に聞こえるよう魔術を行使したが、それは相手に弱点を晒(さら)す行為に他ならない。

俺のために手加減してくれたのだろうが、一般生徒の俺にそんな余裕はない。

「創作魔術【原初之水(アクアディンゲン)】」

いつものように第二節からは省略して、魔術を行使する。

すると自分の頭上に、訓練場を埋め尽くすほどの巨大な水の塊(かたまり)が顕現(けんげん)した。

「「「なっ!!」」」

興味を失くしていた生徒たちも、その圧倒的な迫力に度肝を抜かれる。

魔術の内容としては、ただ水の球を生み出すだけの、いたって簡単な魔術だ。

しかし、それは術者の技術と魔力によって時に化ける。

ロイの詠唱の進み具合から見て、火属性の中級魔術が放たれるまで残り五秒といったところか。

ひとまず俺が【原初之水（アクアディンゲン）】をロイに落として彼の詠唱を中断させればいい、そう思っていたのだが……


「——そこまでだ！」

「っ⁉」


突如目の前に現れたルーグ先生が俺の手を掴んで、魔術の発動を止める。驚いたロイも詠唱をやめた。その結果、【原初之水（アクアディンゲン）】は霧散（むさん）し、ロイの【火炎斬撃（フラムレイ）】も消滅した。

危険が及ぶ場合、仲裁（ちゅうさい）に入ると言っていたが、もしかしたら危ない状況だったのかもしれない。


「ちっ、あいつの言ってた意味がやっと分かったぜ。手首捻（ひね）っちまったよ……」


ルーグ先生は俺を押さえた手を痛そうにさすりながら愚痴を吐いた。

とりあえず俺は決闘が終了し一安心する。

先生が治療してくれるとしても、ロイの魔術で焼かれるのは御免である。

それにステラの前で醜態を晒さずに済んだ。俺の想像以上に素晴らしい幕引きではないだろうか。

しかしロイはというと、納得がいっていないようだ。


「ど、どうして決闘を中断したのですか！　まだまともに戦ってません！」

「結果は見えてるだろ。それに俺が止めなかったら死んでたぞ」

「いえ、火力は調整するつもりでした！　それに、まだニート君本人から降参すると聞いていません」

「火力？　何言ってんだ。降参するのはお前の方だろ」

「……は？」

想定外の言葉に、ロイはただ唖然とすることしか出来ない。口を大きく開けて目を見開き、その場で固まる。わざとらしい仕草にも見えるが、ロイに限ってそれはない。それほどルーグ先生の言葉が衝撃的だったということだ。

ロイが俺に降参する？　俺自身もあまりの展開に理解が追いつかない。

「ロイ、お前はあのまま魔術を放とうとしたよな？」

「は、はい！　あのような【水球（ウォーターボール）】が大きくなっただけのような魔術なんて、気にする必要はありません」

「だから止めたんだよ。無視してたらこいつの魔術でお前は潰されてたぞ」

食い下がるロイに、ルーグ先生はあっさりと言い捨てる。

「な、何を言ってるんですか？」

ロイは戸惑いを通り越して、不安げに聞き返した。

その様子を見ていた生徒たちも怪訝そうな表情を浮かべている。

「まぁ俺もまだ理解出来てないけどな。おいニート、こっち来い」

「あ、はい」

先ほどから二人の話についていけていないが、俺はとりあえずルーグ先生の指示に従う。

先生についていくと、訓練場内にある、いくつもの訓練用具がある場所に連れてこられた。

その中でルーグ先生は、黄金に光る人型の模型を俺の前に置く。

「これは黄金金属(オリハルコン)で作られた人型のサンドバッグみたいなもんだ。とりあえず、これをさっきの魔術で壊してみろ」

「え、高そうですけど壊してもいいんですか？」

「あぁ、構わん。授業中のことなら、請求は学院宛に出来るしな」

見た感じかなり硬そうだ。ただ押し潰すだけでは壊せないかもしれない。

「水の加護のもとに。創作魔術【原初之水(アクアディンゲン)】」

再び俺は巨大な水の塊を顕現させた。

それを見ていた生徒たちからは「おおぉー」といった感嘆の声がちらほら聞こえる。

ただ【原初之水(アクアディンゲン)】の本当の効果はここからだ。

先ほどはロイに怪我をさせないよう、そのまま押し潰そうとしたが【原初之水(アクアディンゲン)】には続きがある。

「開放(リリース)」

これもまた、偉人の書物の記述をヒントに、俺が補いながら創った魔術だ。

【原初之水(アクアディンゲン)】はその名前の通り、原初の水。全ての水魔術はこの魔術から生まれる。言い換えれば、頭上に浮かぶ巨大な水の塊から、様々な水の魔術を生成してくれるのだ。

命令に合わせて、その状況で一番の最適解の水魔術を生み出してくれる。

今回、黄金金属（オリハルコン）を破壊するために生成されたのは水の刃だった。

「破壊しろ」

俺が命令した瞬間、目にも留まらぬ速さで水の斬撃が黄金金属（オリハルコン）を襲う。

それから数秒も経てば、
ドスン!!

「よしっ！」

水の斬撃によって真っ二つに切断された黄金金属（オリハルコン）の上半身が、大きな音をたてて地面に落ちる。

俺はその様子を見て安心した。どうやら上手く切断出来たようだ。

真っ二つにしたのだから破壊に当てはまるだろう。これでルーグ先生に怒られるようなこともないはず。俺は安堵しながら背後を振り返る。すると、

「良かった、壊せま――」

「「「は、はああああああああぁぁぁぁぁぁ!?」」」

俺の言葉なんか軽く吹き飛ばすような、生徒たちの巨大な叫び声が響いた。

あまりの大きさに、訓練場が揺れたような感覚に陥（おちい）る。

「あいつ、杖なしで魔術を使ったぞ!?　しかも詠唱なしで!?」

「それに聞いたことも見たこともない魔術でした!?　なんで魔術から魔術が生まれるんですか!?」

「あんな魔術食らったらひとたまりもないゾ！」

今の光景を見ていた生徒たちは目を丸くして声を荒らげる。

そして何より、一番反応を見せていたのはロイだった。

「あ、あの絶対破壊不可能と言われてる黄金金属(オリハルコン)を破壊しただと……⁉」

ロイは表情を驚愕に染めていた。ルーグ先生と話していた時の不安や戸惑い、焦燥といったものは全て消え失せている。

「えっと……何が起きてるんだ？　なんかドッキリでもされてるのか？」

俺は俺で、今自分が置かれている状況を理解していなかった。

ただ壊せと言われた物を壊しただけ。

それにもかかわらず、周りの生徒たちは予想以上の反応を見せている。

すると、黙り込んでいたルーグ先生が、急に腹を抱えて笑い始めた。

「……ふふっ……あっはっは！　最高だなおい！」

何がそれほどおかしいのか全く分からないが、ルーグ先生は口角を限界まで吊り上げていた。

先ほどまで無気力に、だらしなさを漂わせていたのに、今ではその雰囲気は欠片も感じない。

「予想以上だ……！　まさかこれほどとはな！」

「い、いまいち状況が――」

「言わなくとも分かってるさ。黙っててほしいんだろ？　これほどの力を隠してたんだ、お前にも色々あるんだろうよ」

先生は俺の肩に手を置いて、何度も頷く。

勝手に話が進められていると思うのだが、気のせいだろうか。

ある者は歓喜し、ある者は驚愕し、ある者は呆然とする。そんな混沌とした状況に置かれる中、一人の美少女が声を上げた。

「に、ニート君。ちなみに空とか飛べたりするのかな？」

後ろで見ていたステラがおずおずと聞いてくる。

ステラは最初からずっと目を輝かせており、興味津々そうにしていたのだ。

俺は彼女の要望通り、風魔術をステラの足元に展開させた。危険がないように高度を下げてほんの少しだけ浮かせる。

「まぁそれぐらいなら、ほらっ」

「うわっ！　え、僕飛んでる⁉　えええぇぇぇぇ⁉」

ステラは自分の足が地面から離れ、宙に浮くと驚いたように声を上げた。

「あっはっは、何これ楽しい！　初めての感覚だよ！」

それでも興奮しながらかなり楽しそうにしている。

そんな彼女を見て、他の生徒たちの強張っていた表情も緩んでいった。

「ニート、俺も飛ぶことって出来るのか？　あ、俺の名前はイオンだ。よろしくな」

「私はリリス。ねぇねぇ、どうやったら魔術を杖なしで使えるの？」

「オイラはマルクス、ぜひ君のことをもっと教えてくれヨ」

一人俺に話しかけに来ると、次々と声をかけ始める。その後はドミノ倒しのように、俺の周りに生徒たちが集まってきた。皆叫んでいたのでどうなるかと思っていたが、大丈夫のようだ。

何に驚いたのかは後々聞けばいいだろう。

そうやってクラスメイトたちと談笑していると、見守っていたルーグ先生が話しかけてきた。

「どうだニート。次は俺と決闘しないか？」

「お断りします」

「つれねぇな。そこそこいい試合になると思うぞ？」

「なるわけないですよ！　ロイにも負けそうだったのに……」

「「「ん？」」」

「え？」

何故かルーグ先生だけでなく、他の生徒たちまで首を傾げた。つられて俺も首を傾げてしまう。

長い沈黙が流れ、訓練場内に静寂が訪れる。

すると先生は眉間にしわを寄せ、ひどく神妙な顔つきで口を開いた。

「ニート、お前本気でそれを言ってんのか？　お前がロイに負けるとでも？」

「本気も何も、あのまま魔術を撃たれてたら確実に焼け焦げてたじゃないですか。それにまだまだロイは余裕そうでしたし」

ルーグ先生の言う本気、というものはよく分からないが、負けると思っていたのは事実だ。

あのまま戦闘が続いていれば、負けるのは俺の方だったのだろう。一度詠唱を中断したくらいでは勝負はつかない。

最近はしていないが、昔は俺も兄のアレクとよく戦闘訓練をしていた。ちなみに兄には一度も勝てた覚えがない。少しは俺も成長したとはいえ、強者たちの実力は重々承知している。俺は魔術開発や魔道具開発には少しは自信がある。しかし戦闘面に関してははからっきしだった。

そんなことを考えていると、ルーグ先生が静寂の帳(とばり)を破るように再び豪快に笑い始めた。

「……あっはっは！　ガチの無自覚かよ！　そりゃあ無自覚じゃないとこんな化け物は生まれないわな！」

無自覚とか化け物とか何の話をしているのか、俺には理解出来ない。

だが、笑っているのだから、別に変なことを言ってしまったわけではないはず……多分。

しかし他の生徒たちは戸惑う俺を見て、

((あ、こいつ本物のヤバイ奴だ……))

そう以心伝心していたらしいのだが、この時の俺は知る由(よし)もない。

この騒動の後、他の生徒たちの実技授業を行い、一限目を終えた。

二時限目は予定通り行うらしく、俺たちは再びEクラスの教室へと戻った。

「ニート君、本当に自分が強いことを自覚してないの？」

「いやいや、俺なんてまだまだだよ」

「ニート殿。どうやったらそれほど強くなれるのデ？」

「多分、ルーグ先生に聞いた方が良いんじゃないかな」

休み時間はステラや他の生徒たちから、同じような質問攻めにあっていた。

あまりにもロイとの力量差があったため、俺に気でも遣ってくれているのだろうか。

結局あの決闘の勝敗は俺の勝ちとなった。そのため委員長はロイではなく、俺ということになったのだ。この結果に、ロイも不満を抱くかと思っていたのだが、

『うん、やっぱりこのクラスの委員長はニート君がするべきだ。君の方が適任だと私も思う』

と言われてしまったのだ。

あまりにも清々(すがすが)しい表情で言われたため、言い返そうにも言い返せなかった。

「はぁ……」

俺は自分の席に座って大きなため息を吐く。

委員長というだけでも面倒だというのに、何故か強いと誤解されている。これでは俺が引きこもりということも打ち明けられない。

期待されたら、少しはやる気になってしまうのが俺の悪いところだろう。

俺がそんなこんなで一人、頭を抱えていると、ロイが近寄ってきた。

「ニート君、ちょっといいだろうか？」

「ん？　どうした？」

「いや、決闘の褒賞(ほうしょう)として、君を私の家に招待するという話があっただろう？」

「あっ！　そうだ、忘れてた」

色々な情報が一気に押し寄せてきたため、つい忘れていたが、俺は今日の放課後、温泉に行こうと考えていたのだ。

もちろんロイだけではなく彼の親の了承もいるため、出来るのであればの話だったが。

「その件について一応、両親に連絡を入れてみたんだが大丈夫だったよ。是非連れてきてくれとまで言われたさ」

「へぇ～、平民なのに優しくしてくれるんだな。貴族にしては珍しい」

「私の家系はもともと平民だからね。身分で対応を変えることは出来るだけしないようにしているんだ」

ロイは誇らしげに語る。

貴族はプライドが高い者が多い。自分は優越種、平民は劣等種などという危険思想を抱く者までいる。そのため、ロイのように平民を色眼鏡(いろめがね)で見ない貴族は珍しいのだ。

多分だが、元平民出身のロイの家系もその偏見のせいで……まぁ、その話は今は置いておこう。

「じゃあお言葉に甘えて行かせてもらうよ」

「ステラ君も来るかい？」

ロイは俺の隣に座っているステラにも話しかけた。

急に話を振られ、ステラは目を丸くするが、すぐに嬉しそうに頬を緩める。

「え、いいの？」

「もちろんだとも。ニート君ととても仲が良さそうだからね、一緒の方がいいだろう？」

「うん、ありがとう！」

「それに私としてもステラ君とは仲良くなりたいしね」

「こ、こちらこそよろしく！」

おいおい、何だこのコミュ力お化けは。

完全に置いてきぼりにされてるんだが？

「私の家には遊べる施設や楽しめる施設が色々あるから、二人にも喜んでもらえると思うよ」

「リドリック家って観光地で有名だよね！　まさか僕が行けるなんて夢にも思ってなかったよ」

「俺もだな。俺たちには雲の上の話だと思ってた」

「ははっ、そこまで大層なものじゃないさ」

現在、リドリック家が経営する観光施設の主なターゲットは貴族だ。

そこには面倒なしがらみなど色々な理由があるが、一番大きいのは金銭面だろう。

平民と貴族とでは経済格差が大きい。平民がリドリック家の観光地を利用しようとすると、一般男性の年収分は余裕でとられるだろう。

そのため、そう簡単に行ける場所でもなく、通っていい場所でもない。

当然、王族の俺なら余裕で通えるのだが、一度も行ったことがない。

それは俺が引きこもりだからだ。

どれだけ面白そうで、楽しそうな場所だとしても王城から出る対価としては足りない。

しかし、アーシャやアレク、両親は視察などと理由をつけて、観光地に行ったことがあったはずだ。とても楽しかったとの感想を、妹のアーシャから聞いた覚えがある。

「でも、いずれは平民の人たちにも楽しんでもらえるような観光地にしたいと思ってるよ」

ロイは視線を遠くに向けて口にする。

そんな彼の姿を見て、ロイなら成し遂げられる、そんな気がした。

時を遡る(さかのぼ)こと数時間前、生徒会室にて。

「ふっふっふ、ふっふっふ……！」

ルーグが鍵を持って生徒会室を去るとアレクは一人、歪(いびつ)な笑みを浮かべていた。

今日は彼にとって待ちに待った日である。

ニートはEクラス程度の生徒ならば、一瞬で倒してしまうような実力を持っている。だから必然的にルーグが止めに入るはず、そう予想していた。

「自分はそこまで強くないと、考えを植え付けた甲斐(かい)があった」

アレクはニートが天才であると気づいた瞬間から、自分は強くないという認識を真っ先に植え付けようとした。

圧倒的な力を持てば人は変わる。将来、正義とは反対の道に進むことだって考えられるだろう。

また、どこまでニートが化けるのかを見たいという、アレクの個人的な興味もあった。

しかし、植え付けたいからといって、簡単に出来る所業ではない。そこでアレクは考えた。

「これで今までの僕の努力が報(むく)われる」

ニートが天才なら自分も天才になればいいと。

ニートが化け物なら自分も化け物になればいいのだと。

たとえこの世界のものではない叡智をも利用してでも。

それが功を奏し、今ではニートは自分自身を過小評価するようになった。

さらに、ニート自身は引きこもりだということに負い目を感じている。他人に対して劣等感を抱きやすくなっていた。

だから、ニートは自分が強いという自覚を持てていないし、持つことも出来ない。

たとえ周りから強いと説明されようとも、ニートは納得し得ないはずだ。

そもそも自分のことだとすら理解出来ないだろう。

「これで僕の計画も上手くいく……！」

アレクは感慨に耽っているのか、恍惚とした表情を見せる。

コンコンコン。

そんな彼の思考を遮るように、生徒会室の扉をノックする音が響いた。

アレクはいつもの生徒会長としての表情に戻ってから、入室の許可を出す。

「どうぞ」

「久しぶりね。アレクちゃん」

そう言って入ってきたのは女子生徒だった。

すらっとした華奢な体躯だが、しっかり出るところは出ている。そして女性にしては高身長で、見惚れてしまうほどの美貌だった。

「ソフィア先輩!?　何故ここに？」

「あら、前任がここに来てはいけないのかしら？」

彼女の名はソフィア・エルドワード。

ずば抜けたその容姿と実力で、魔術学院では『水龍の魔女』と呼ばれていた。

高等部三年生の元生徒会長で、さらにはこの国で王族の次に身分の高い大公の一人娘。王族のアレク並の権力と生徒からの信頼を得ていると言っていいだろう。

「いえ、お怪我をされたと聞いたので。もう体の具合は大丈夫なんですか？」

「えぇ、傷は多かったけれど、全て軽傷だったから治癒魔術で治せたわ」

「それは良かったです。お見舞いに行ったのに病室にいなかったのには驚きましたよ」

「どうしても急ぎでやりたいことがあったのよ」

「先輩は頑張りすぎですよ。襲われた日ぐらい休めば良かったのに」

「頑張らないと年下の生徒会長君に抜かれてしまうから。まぁ、もうとっくに抜かれてるかもしれないけれど」

ソフィアは含みのある笑みでアレクに告げる。

アレクはアレクで、そんな彼女の言葉を軽くあしらった。

「アハハ、僕が先輩に勝つなんてありえませんよ。僕には先輩のような才能はありませんから」

「そういうことにしておくわ」

ソフィアもアレクが本心を見せることがないのは理解しているので、無闇に詮索しない。

「それで、今日はどういった御用で？　先輩が授業を抜けてくるなんて珍しいじゃないですか」

「そうそう、人探しをしたくて」

ソフィアはアレクと違い、生徒会長だろうと授業を受けてきた。

そのため、こうして一限目の最中に生徒会室に来ることは異例だったのだ。

「私が昨日の朝、襲われたのは知ってるでしょう？」

「もちろん、イスカルの刺客だったらしいですね」

相手が悪かったですね、そう付け加えてアレクはソフィアに同情するように言った。

『イスカル国』とは五大国の一つで、北に位置する国であり、アストリア国と国境を接している。長く連なるギルガルド山脈に閉ざされた雪国であり、不毛な土地としても有名だ。その代わり、強大な軍事力を保有しており、それは五大国の中でも一、二を争うほど。

いつ戦争が起きるか分からない状態で、最も苦しいのは食料不足で悩んでいる北国のイスカルである。そして軍事力があるからこそ、最初に戦争を仕掛けてきたとしても納得出来る。

刺客のような些末なものではなく、そろそろ国が動いてもおかしくない。

するとソフィアは驚いたように目を丸くした。

「あら、このことは当事者の私とエルドワード家しか知らないはずなのだけれど」

「僕の身分をお忘れで？　王族の情報網は、千キロ離れた場所のことでも詳しく正確に分かりますよ」

「じゃあ私の足のサイズは？」

「二十四センチ」

「……キモ」

「なっ！　冗談ですって、適当に言っただけじゃないですか！」

焦るアレクに冗談よ、と笑いながらソフィアは返す。

ホッと安堵するアレクに、今度は真剣な表情でソフィアは尋ねた。

「そんな情報通に聞きたいことがあるの」

「何ですか？　僕にお答え出来ることならお答えしますよ」

優雅に紅茶をすするアレク。王族の情報網というより、アレクの情報網は途轍もなく広い。

彼の言う通り、そこらの情報は全て彼の耳に入っているだろう。

「この学院の生徒でね。『穀潰し』と名乗る男子生徒を知らないかしら？」

「ぶっ！　ごほごほっ！」

アレクは口に含んだばかりの紅茶をつい噴き出してしまった。

咳き込みながらアレクは再度聞き直す。

「ご、穀潰し!?」

「えぇ、私も昨日から探してるのだけれど、全く見つからなくて」

「探すって何をしてたんですか!?」

「街の広場で呼びかけてたの。穀潰しを知ってる人はいませんか、って」

「え？」

「そしたら何と言うか……たくさん集まってきて……」

ソフィアは顔をしかめながら言う。まるで悪い記憶でも思い出したような表情だ。

広場で穀潰しを知ってますか、なんて聞けばどうなるか。

普通は冗談だと思われて無視されるだろうが、運の悪いことに、本物の引きこもりや親のすねかじりたちが集まってきたらしい。上流貴族が呼びかけたから、というのもあるだろう。

いつも周りには高貴で、品のある者しかいないソフィアにとってはかなり酷(こく)な経験だったはずだ。トラウマになるのも仕方がない。

「ふふっ、あっはっは！　流石は先輩ですね！」

「そ、それほど笑うことかしら？　かなり苦しい思い出なのだけれど」

「もちろんですよ！　大公の一人娘ともあろう人が、穀潰しどもに囲まれる……くくっ、腹が痛い……！」

もうっ、とソフィアは可愛らしく頬を膨らませる。

しかしアレクはツボに入ったのか、腹を押さえて必死に笑いを堪(こら)えていた。

ニートがソフィアを助けたのは予想していた。そしてソフィアがニートを探すのも納得がいく。

しかしニートが彼女に穀潰士だと名乗っていたのは、アレクにとって完全に予想外だった。

「それで、その穀潰しと名乗る生徒を知っているのかしら？」

「え、えぇ。ちなみに穀潰しのしはこっちの士ですね」

「詳しいのね。流石は王族の情報網だわ」

「いえ、これに関しては毎日会ってますから」

「え？」

ソフィアは虚を衝かれたように言葉を止める。

そんな彼女を前に、アレクは溜めに溜めてからゆっくりと口を開いた。

「先輩が探してる穀潰士と名乗る生徒の名は……」

「ゴクリ……」

「秘密です」

「ふぅーん、そんな勿体ぶったこと言っちゃうんだ？」

ソフィアのぎこちない笑い方から、不満なのは目に見えている。

アレクとしても穀潰士の正体はニートだとソフィアには伝えても良かったのだが、まだその時ではなかった。

「まぁ落ち着いてくださいよ。別に教えないってわけではないです」

「どういうこと？」

「そろそろ仕事の話をしましょう。穀潰士の件についてはその後です」

「っ！」

そのアレクの始まりの合図で、二人の立場は逆転する。

元生徒会長の先輩と現生徒会長の後輩。そんな二人の緩い関係の時間は終わり、今からはアストリア国の第一王子と上流貴族の娘としての関係となる。

この生徒会室の空気も和やかなものから、張り詰めたものへと変わる。

「……大丈夫なの？　学院でそんな話をして」

「安心してもらって構いませんよ。【遮断結界（アイギス）】を張っていますから」

上級魔術【遮断結界（アイギス）】。結界の外側からの干渉を全て遮断する結界である。本来は戦闘時の防御魔術として使用するのだが、使い方によっては部屋を防音にすることも可能だ。

「さて、明日からいつも通り先輩には僕の護衛をしてもらいます」

「どこに行くの？」

「イスカル国です」

「っ!?」

ソフィアはアレクの答えに息をのんだ。

昨日、襲ってきたイスカルの刺客は、高名なわけでもないただの暗殺者でありながら、自分を上回るほどの実力者だった。そんな敵が多くいるだろう国に二人で乗り込むなど自殺行為だ。

「別に戦争をしに行くわけではないですよ。イスカル国の国王に謁見（えっけん）するだけです」

「国王と謁見!?」

「はい、もう相手側の了承は得てますから」

「それでも二人で敵国に乗り込むのは危険じゃないかしら？」

「万が一のことがあるので、賢者には陰から護衛してもらう予定です」

「賢者様がいるのならば実力面は安心ね」

ソフィアは安堵して胸を撫でおろす。

国内最強と謳われる三英傑の一柱である賢者。その実力はイスカル軍そのものを相手にしたところで引けを取らない。では、どうしてアレクはソフィアを護衛として必要とするのか。

「なら、私はいつも通りアレクを連れて行ったらいいのね？」

「えぇ、お手数をおかけしますがよろしくお願いします」

「別にいいわ。これが私の『運び屋』としての仕事だもの」

第一王子のアレクの周りには、護衛や側近とは別に何人か特別な関係者がいる。

三英傑もそうであり、他には情報屋や暗殺者などがいる。ソフィアもそのうちの一人であった。

普段は先輩と後輩という関係だが、裏では第一王子と運び屋という関係がある。

「ギルガルド山脈を越えるとなると【瞬間移動】でも辛いので、海を渡っていきましょう」

ソフィアの固有魔術【瞬間移動】。

【転移】に比べて、自分の視界に映る場所という距離の制限はあるものの、自由に場所を移動出来るのだ。

その【瞬間移動】を連続行使して、一気にイスカル国まで向かうというなかなかの荒業である。

ある程度の高度を保って【瞬間移動】すれば、人の視線を気にする必要もない。

「どのくらいの時間がかかるかしら？」

「二時間もあれば着くと思いますよ」

「私の魔力を保てる気がしないのだけれど」

運び屋と言っても普段は国内が多く、他国まで移動することは滅多にない。

そのため何回【瞬間移動】を使うのか、どれほど魔力が消費されるのか未知の部分が大きかった。

もし、空中で魔力切れなんて起こしてしまえば、二人とも落下して即死である。

「それに関しては安心してください。魔力回復のポーションを僕が用意しておきますので」

「なら安心だわ」

本来、イスカル国に向かうとなると、二種類の方法がある。

一つ目が標高三千メートルのギルガルド山脈を越える方法。

二つ目が遠回りになるが、船を用いてギルガルド山脈を迂回する方法。

どちらにしろ、アストリアの王都からだと一か月以上はかかる。

その移動時間を二時間に短縮出来るのだ。移動中も誰に妨害されることもなく安全に。

「では、詳細は後日連絡します」

「分かったわ。じゃあ私は授業に戻るから」

ソフィアはアレクに一礼してから、生徒会室を後にする。

彼女が部屋から出たことを確認すると、アレクは【遮断結界】を解除する。

「さて、僕もそろそろ用意しないとね」

そう言ってアレクはどこか歪な笑みを浮かべていたのだった。

三章　平民貴族

「はぁ、疲れたな」

「まさかあんなにルーグ先生が厳しくなるなんて……鬼教師って予想してたの正解だったかもね」

四限目が終了し、俺とステラは気だるげに机に突っ伏す。

これで今日の授業は終了。これから放課後となる。

「ってか教室に残ってるの、もう僕たちしかいないね」

「チャイムが鳴った瞬間、みんな速攻で帰ったからな」

辺りを見渡すと、残っていたのは俺たちだけだった。

ちなみにロイは先ほど、帰る前にトイレに行くと言っていた。ロイを除く、その他の生徒は既に帰路についていることだろう。流石はEクラスと言うべきか。

しかし今回だけは、Ｅクラスがどうこうとは違うと思う。

「休み時間なしとか鬼畜だよな」

昼食時を除き、授業と授業の間の休み時間がなかったのだ。

本来なら存在する安らぎの十分。それがルーグ先生による鬼畜の十分に早変わり。

刃物を持った相手との格闘術やら、強い魔術師と相対した時の逃げ方やら……一応座学の体だったが、普通の授業とは様子が違っていた。

そんなものを詰め込まれて、疲弊しないはずがない。すぐに帰りたくもなるだろう。

「うん。打倒Ａクラスって言ってたけど、本気なのかな？」

「もしかしたらそうなのかもな。それが先生の野望っぽいし」

見た感じ、ルーグ先生は子供嫌いではないだろうが、好きでもないだろう。そして教師特有の信念を持つタイプでもない。なら何故、教師になったのか、ずっと疑問だったのだが……

「僕たちを成り上がらせたいのかな？」

「それより強者が屈する姿を見たいんじゃないか？　先生、性格かなり悪そうだし」

今日の授業を見ていると、そんな気がしてならない。俺たちを強くするというより、強者に勝つための術(すべ)を教えている印象を受けた。

それは、ルーグ先生が圧倒的な実力を持っていることにも関係している気がする。

そんな話をしていると、後ろから俺たちの会話に入ってくる者がいた。

「ん？　誰の何が悪いって？」

「「っ!?」」

俺たちは思わぬ声の主にビクリと肩を揺らす。

背後を振り返らなくとも誰だか分かる。何故なら今日、半日中その声を聞いていたのだから。

俺は恐る恐る、後ろを振り返った。

「る、ルーグ先生？　職員室に帰られたのでは？」

「忘れ物したから戻ってきたんだよ、そしたら面白そうな会話が聞こえてなぁ」

「そ、それは……」

「安心しろ、別に気にしてない」

俺が言葉を渋っていると、ルーグ先生が微笑みながらそう言った。その表情を見るに、本当に気にしてはいなさそうだ。

その後先生は頬をかきながら、どこか恥ずかしそうに心の内を打ち明ける。

「まぁなんだ。俺は上でふんぞり返ってる奴らが死ぬほど嫌いなんだよ。まぁそれと同じくらい何もしようとしない雑魚も嫌いだがな」

「あれ、でも先生って貴族じゃありませんでした？」

「あぁ、一応伯爵の中流貴族だ。だから嫌って言うほど醜い同族は見てきた」

ルーグ先生は顔を歪めながら反吐を吐くように言い捨てる。

王族の俺が言うのもなんだが、この国の貴族はなかなかに腐っている。といっても、別に貴族個人を責めているわけではない。腐った貴族を排除出来ない社会形態を責めるべきなのだ。

貴族家に生まれた子供は、自分が特別な存在だと、優れた存在だと、環境によって教え込まれる。だから他人を虐げることを異常だと思えないのだ。

そんな中、貴族なのにもかかわらず、ルーグ先生のような態度がとれるのは良い意味で異質だ。

ロイのように元平民など何か理由がなければ普通は不可能なはず。

よっぽどの正義感があるのか、それとも何かきっかけがあったのか。

流石にまだ俺たちの関係ではルーグ先生は話してくれないだろう。

「別にお前らが俺を何と思おうと構わない」

ルーグ先生は視線を逸らし、どこか寂しげに笑う。

しかし一瞬で真剣な表情に戻ると、改めて先生は、俺たちの瞳を見つめた。

「――ただ、俺はお前らに強者を下す方法を教えてやる。それが俺が教師として唯一、お前らにしてやれることだ」

「「……………」」

その言葉は教師として正しいものではないだろう。

しかし俺とステラは、ルーグ先生を前に押し黙ってしまった。圧倒されたと言う方が近い。彼の熱意をこの肌で感じ取ってしまったから。

「でもどうして急にやる気になったんですか？」

「お前らEクラスにも可能性があると知ったからな。特にお前にだな」

「お、俺ですか？」

ルーグ先生は俺を指さしながら言った。

そういえば、一限目の決闘の時から急に態度が変わったような……

するとその時、教室に校内放送が流れる。

「ルーグ・ウドルガ先生、至急、職員室に来てください。繰り返します。ルーグ……」

「あっ、そう言えば職員会議があるんだった」

ルーグ先生は、はっ、と思い出したように言った。

先生は俺たちに背を向け、足早に教壇に向かい、置かれていた忘れ物を抱える。

「まぁこれから一年よろしくな。この一年で絶対にお前らを一人前に育ててやるよ」

ルーグ先生はそう言い残すと、駆け足でこの教室を去っていった。

彼の背中を見送りながら隣にいるステラは小さく呟く。

「なんか僕、ルーグ先生が担任で良かったかも」

「俺もそう思う」

見た目は不潔で、素行は悪い。誰もが怯えてしまうような鋭い眼光。それでも悪い人間でないのは確かだ。

何より、引きこもりの俺と相性がいい。厳格な教師が担任であれば苦痛な一年だっただろう。

「二人とも先生との話は終わったのかい？」

「あぁ、待たせて悪かったな」

ルーグ先生が去ってからすぐにロイが俺たちの元へやってくる。

どうやら先生との会話が終わるまで、教室の外で待っていてくれたらしい。

「私の帰りの馬車で君たちを送ろうと思うのだが、それでも大丈夫かい？」

「ほんと!?　ありがとう、ロイ君！」

「助かるよ」

「じゃあ行こうか」

先を歩いて先導してくれるロイの後を俺とステラがついていく。

俺も期待を胸に自教室を後にした。

そして、馬車に揺られること約一時間。俺たちは王都の外れにあるリドリック家の領地に辿り着いた。

「ここが、私の領地だよ」

馬車から降りると、ロイは自信ありげに紹介する。

「わあぁ！　これがロイ君の領地……！」

ステラは目の前に広がる壮大な光景に感嘆の言葉を漏らした。

広大な宮殿と言うべきだろうか。ロイの屋敷が領地の中心にどっしりと構えている。

その周りには綺麗な花々が咲く庭園が広がり、奥には巨大な遊園地のようなものもあった。

まさに観光地。平民のステラから見れば天国のような場所とも思えるだろう。しかし……

「お、おぉ……」

俺にはそんな余裕はなかった。

屋外にいるという事実が引きこもりの俺の精神を蝕み、目まいや倦怠感を引き起こす。十年も引きこもっていた反動によって、体が拒絶反応を起こしていた。

別に耐えられないこともないが、長居をすれば本当に倒れてしまうかもしれない。

「ニート君、大丈夫？　顔色が悪いけど……」

「もしかして馬車酔いだろうか？」

二人はそんな俺を気にして声をかけてくれる。心配してくれるのはとても嬉しいが、外が嫌いで気持ち悪くなりました、なんて言えるはずもない。

「い、いや、大丈夫。それより早く室内に入らない？」

「そうだ、ニート君は温泉を楽しみにしていたんだったね。すぐに行こう」

「うん！　僕も温泉？　っていうの楽しみだよ！」

二人が了承したのを確認した途端、俺は足早に、というか駆け足で屋敷へと向かった。そんな俺の背中を、二人はくすくすと笑いながら追う。可愛いとか、トイレ我慢してたのかな、とか何とか。

正直恥ずかしいどころではないが、今はそんなちっぽけなプライドなんてどうだっていい。

屋内に入らなければ、早く室内に引きこもらなければ。

俺は無我無中で屋敷まで歩いた。

「ふぅ……助かった」

ロイの屋敷に入れてもらうと、俺は安心して胸をなでおろす。

「ニート君はなかなか歩くのが速いんだな。それと助かったたって？」

「な、何でもない。それより、ロイの家は中も凄いんだな」

俺はロイの詮索を誤魔化すように、視線を目の前へと向ける。

流石に王城と比べたら劣るものの、かなりの豪勢さだった。

「お帰りなさいませ。お坊ちゃま」

玄関で待機していた執事らしき男性が俺たちに深く頭を下げる。

灰色の髪と髭に、きりっとしたスーツが似合うダンディな男性だった。

「お坊ちゃまはやめろと言っているだろう、セドリック。それより父上と母上は?」

「今は外出なされております」

「どこに?」

「ローズマリア家でございます」

「……そうか」

執事からの言葉に、ロイは深く頷いた。二人の間にどこか、どんよりとした空気が流れる。気まずそうな、複雑なような、辛そうにしているような。

俺とステラがそんな二人を心配して見ていると、ロイは切り替えるように明るく言った。

「じゃあ、今日の授業で汚れてるし、先に温泉に入ろうか」

ロイに案内されながら、俺たちは温泉について説明を受けた。

温泉と言っても、俺たちが利用するのは本物の温泉ではなく、ロイの屋敷内にある縮小版のようなものだ。簡易的なもので、源泉(げんせん)からお湯をもらってきているらしいが、それでも普通の風呂の何十倍もの大きさがあるらしく、存分に温泉の気分を楽しめるようだ。

何故本館の温泉が利用出来ないのかは言うまでもない。

今も営業中であり、他の客(主に貴族)が利用しているためだ。俺たち平民が入れば面倒事になるのは目に見えている。

そして次に教わったのが屋内風呂と露天風呂についてだ。

ここで改めて言っておこう。

本当に意味が分からない。どうして風呂を外に設置した？

馬鹿じゃないのか。せっかく温まったのに寒くなるだろ。

俺はこれを聞いた時、絶対に露天風呂だけは入らないと誓った。

次にサウナについてなのだが、サウナ室と冷水を行き来するらしい。これに関しても意味が分からない。何故サウナで温まったのに冷水で体を冷やすのか。風邪ひくぞ？

そして最後には外に出て風にあたるとか。これは本気で風邪をひかせようとしているに違いない。

生憎、俺はそんな罠に引っかかるような甘い男ではないぞ。

「では、ここでステラ君とは一度お別れだね」

温泉の入口に着くと、ロイがそう話を切り出した。

そんな彼の言葉に、ステラは唖然としてしまう。

「え？　知ってたの？　僕が女だって」

「もちろんだとも。最初から気づいていたさ」

「でも、僕のことずっと『君』って……」

「それはステラ君がそう呼ばれる方を好んでいるのかなと。それとも、『さん』呼びの方が良かっただろうか？」

ロイの問いにステラは首を小さく横に振った。

まぁ気づいたとしてもステラは男装しているのだ。そう解釈するのも納得がいく。

「でもびっくりしたよ。この格好で僕が女の子だって気づくなんて」

「これほど可憐な女性を、服装や一人称ぐらいで見間違えるわけがないさ」

やめろ。その言葉は俺によく刺さる。

このままロイに語られるとメンタルが耐えられそうにないので、俺は話題を変えた。

「ここで立ち話をするのもなんだし、もう入らないか？」

「ふふっ、ニート君は早く入りたくて仕方ないんだね」

「なっ……!?」

ステラに見透かされたように言われ、俺はつい、うろたえてしまう。

そんな俺の反応を見て確信を得たステラは、にまにまと笑みを浮かべていた。早速、ステラの手のひらで転がされている気がするのは気のせいだろうか。

「では終わり次第また、ここに改めて集合ということにしよう」

「うん、じゃあまた後で！」

ロイの言葉を最後に、ステラは小さくステップを踏みながら女湯の方へと入っていった。

ワクワクしているのが後ろ姿を見るだけでも分かる。

俺にはああ言っていたが、ステラもかなり楽しみにしていたのだろう。

「じゃあ私たちも行こうか」

「そうだな、かなり楽しみだ」

そう言って俺たちも男湯と書かれたのれんをくぐったのだった。


「ふはあぁぁ。ヤバいなこれ、最高だわ」

「そう言ってもらえると私としても嬉しいよ」

俺は大きな湯船に浸かって、気の抜けた声を漏らす。

一言で言い表すなら温泉は天国だ。

泳げそうなほどの大きな風呂が部屋の中心に配置され、その隣に小さめではあるが、泡がたくさん出る風呂がある。そして噂の冷水風呂もあった。

その周りにはシャワーが十個ほど取り付けられており、右奥にはサウナ室。

左奥の扉から露天風呂に行けるそうだが……まぁそれはどうでもいいだろう。

「本物の温泉ってこれよりもっと大きいのか？」

「ここより二倍以上の広さがあると思ってくれて構わないよ」

「に、二倍以上……」

屋敷の大きさだけなら、王城と比べたら当たり前だが小さく感じてしまう。しかし風呂の大きさは断然ロイの屋敷の方が大きかった。

「はぁ、これに毎日入れるのか……ロイは幸せ者だな」

王城の浴場とは異なるこの感覚。

溜まった疲労が抜け落ちるように取れ、体の芯から温められる。それにどこか肌もすべすべしているような気もする。王城に帰ったら絶対に、温泉を城内に作ってもらおう。

「そんなに気に入ってくれたなら、招待した甲斐があるというものだね」

ロイも嬉しそうに頬を緩めた。

まさか今日、一限目に決闘をした相手と一緒に風呂に入れるまで仲良くなるとは思ってもいなかった。引きこもっていたせいで、人との距離感が曖昧(あいまい)だが、出会って初日に風呂というのはなかなかにハードルが高いはず。

これに関してはロイのコミュ力のおかげに違いない。ステラとも一瞬で仲良くなれていたし、彼の接しやすさには脱帽する。だからそんな彼を信頼して、俺はもう一歩だけ踏み込んだ。

「なぁ、この際一つ聞いていいか？」

「……何だい？」

俺の急な雰囲気の変化に何かを察したのか、ロイも表情を引き締める。

「なんでロイみたいな優秀な奴がEクラスに所属してるんだ？　特待生なんだろ？」

これはロイを初めて見た時から疑問だった。立ち振る舞いからも分かる優秀さに加え、飛び抜けた実力も持ち合わせている。落ちこぼれと称されるEクラスにはロイは不釣り合いなのだ。

「それは……」

ロイは何かを口にしようとして押し黙る。

筆記テストの結果が良くなかったから、中等部までの評価が悪かったからなど、そんな理由ではないのだろう。それはロイの言動を見ていればすぐに分かることだった。

「話したくないことなら俺も無理には聞かない。けど、話したら楽になることだってたくさんあるからな」

俺は視線を前方に向けたまま、独りごとのように呟く。

十年間、俺が引きこもれたのは家族の尽力が大きい。

穀潰士になれるような環境を作ってくれていたというのもあるが、一番は俺の話し相手になってくれていたことだ。

師匠から言われた言葉に、こんなものがある。

『引きこもることは独りの行いであって一人の行いではない』

自室に引きこもるのは独りの行いだが、引きこもり続けるのは一人では出来ない。

アレクが相談に乗ってくれたから、色々な魔道具や魔術が創れた。

妹がいるから、少しは立派な兄でいようと努力出来た。

父や母が毎日のようにダル絡みしてくれるから、家族と良好な関係でいられた。

相談する相手がいなければ、俺の引きこもり生活は絶対に上手くいってなかっただろう。

「そうか……それもそうだね」

判断を渋っていたロイだが、葛藤しながらもゆっくりと頷いて覚悟を決めた。

温泉のぬくもりが互いの距離を埋めてくれる。

「私の家はいわゆる平民貴族。だから貴族からはかなり厄介者として見られるんだ」

貴族内では皆が皆とは言わないが、たいていは平民のことを劣等種と思って下に見ている。特に由緒ある家柄の年長者にそういう傾向が強い。

そんな劣等種が自分たちと同じ貴族という立場になったのだ。たとえリドリック家が観光業で功績を上げていようが、鼻につくのだろう。

「ニート君はローズマリア家を知ってるかな？」

「いや、聞いたことないな」

「実はローズマリア家は、つい最近、爵位が上がって子爵から伯爵に昇格した家なんだ」

「伯爵って言うとルーグ先生と同じか。それは凄いな」

この国の貴族は、上から大公、公爵、侯爵、伯爵、子爵、男爵の順に分けられる。他に騎士爵や準男爵というのもあったりするが、主にはこの六つだ。

その六つの爵位も、上から二つずつがそれぞれ上流、中流、下流に分類される。

何か良い方面で結果を残せば、昇格する。いわば貴族内も、実力至上主義にのっとっているというわけだ。

ただ、大体の昇格は下流から中流の間だけ。最上位爵位の大公に至っては数百年間、エルドワード家から一切の変動を見せていない。

貴族制度の歴史は古いがゆえに、実力至上主義ではない別の力学が強く働いているのだ。

「貴族が爵位を昇格する手段は何があるか知っているかい？」

「何か経済面で結果を残すか、国に多額の寄付をするか、まぁ他にも特例があると思うけど」

「へぇ、かなり詳しいんだね。平民なのに驚いたな」

「ま、まぁな……」

俺は咄嗟にアハハ、と誤魔化すように笑う。

平民という設定の俺が貴族社会のことに詳しいのは、かなり不自然だったのだろう。これからはそういった面も気を付けなければならない。

「ニート君の言う通り、ローズマリア家はこのアストリア国に五億もの寄付をして、中流貴族に昇格したんだ」

「五億!? それは凄いな。貴族だろうと五億はそう簡単に調達出来るもんじゃないだろうに」

俺は思わず自分の耳を疑った。

五億など、たとえ王族でも簡単に扱える金額ではない。平民の生涯年収をも上回る金額だ。そりゃあ下流貴族にしておくのは惜しいと判断されるのも納得がいく。

「その通り、簡単に用意出来ない金額なんだ。そんな膨大なお金がどこから来たと思う?」

「どこからって……ローズマリア家からじゃないのか?」

俺は質問の意図が掴めず困惑する。

ローズマリア家が昇格したのだから、ローズマリア家の金以外に何があるというのだろうか。

しかし、ロイは首を縦に振らなかった。その代わりに、表情を憤怒(ふんぬ)に染めながら言葉を絞り出す。

「そのお金は私の家から――リドリック家から略奪(りゃくだつ)したものなんだ」

「は? 略奪?」

俺は開いた口が塞がらなかった。脳がロイの発言を理解するのにかなりの時間を要した。

「すまない、少し言い方が悪かった。徴収されたと言うべきだったね」

「いや、そんなの変わらないだろ！　どういう意味だよ！」

俺は思わず声を荒らげてしまう。

それほどまでに、ロイの口から発せられた内容は異常なものだった。

「言っただろう？　リドリック家は平民貴族だ。だから貴族社会では肩身が狭い」

「それが何で略奪に繋がるんだ！」

「簡単な話さ。脅しだよ」

「お、脅し……？」

説明されてもなお、俺の脳はロイの言葉を受け付けていなかった。

辛うじて出来ることと言えば、ロイの言葉を反芻することぐらいだろう。

「貴族でいたければ金を払うこと。要は金を払わなければローズマリア家の権力でリドリック家は潰されるということさ」

「……ちなみに金額は？」

「観光業で得た収入の七割といったところかな。笑えるだろう？　これでは略奪とも言いたくなるさ」

「な、七割⁉　そんな馬鹿げた話が通るわけが……」

「幸いにも私の家には、平民から貴族にのし上がれるほどの財力と名声がある。生活が苦しくなるほどではないんだ」

ロイは視線をどこか遠くに向ける。

「ローズマリア家からしたら私の家が大きくなることは気に食わないからね。太らないように、やせ細らないように調整している」

リドリック家が発展すれば、いつか自分たちローズマリア家に歯向かうかもしれない。かといって、財政困難になれば自分たちにお金が入らなくなる。実に巧妙で気色の悪い搾取の手口だ。

「私がEクラスに在籍しているのもそういった理由だ。学院で権力を持たないように、自衛する術を学ばないように、金の力で腐り切っているEクラスに飛ばされた」

「……っ！」

そこまで言われると、何か声をかけることも憚られる。同情どころのレベルではない。悲惨にもほどがある。まさか俺も、ここまで貴族が腐っているとは思ってもいなかった。

「なんでロイは反論しないんだ！　こんなこと王族にでも報告すれば――」

「そんなこと私だって分かってるんだ！　でも私にはどうする術もないんだよ！」

俺の言葉を遮るようにロイは声を荒らげた。

今まで温厚で優しかった彼からは想像も出来ないほどの怒号である。

「私だって何度も考えたさ！　でも王族に言ったところで、貴族は王族が直接統治しているわけじゃない！　王族にとって大事なのは、税金が納められているかどうか。相手にされるはずがないんだ！」

「そんなことは……」

そこまで言って俺は口を噤んだ。

実際、ロイが言っていることは正しかった。

このアストリア国は王族が貴族を直接管理しているわけではない。貴族が税金を納める代わりに、王族が領地を貸しているという関係だ。そのため、忠誠心の低い貴族がいるのは事実であり、王族もさほど貴族間の揉め事には関わらない。

「それにローズマリア家が見逃すわけがない！　王族に届くまでに揉み消されるのは確実だ、さらに徴収が増える可能性だってある！」

ロイも、いつもは打ち明けられない負の感情が溜まっていたのだろう。

少し経てば落ち着いたのか、すぐに俺に頭を下げた。

「す、すまない、最近少し色々あってカッとなりやすいんだ」

「いや、大丈夫だ。それより、まさか玄関のも……」

玄関で執事と会ったロイは、両親が家に不在だという話をしていた。

その時の俺は、二人の会話からロイと両親との仲が悪いのかな、なんて適当に考えていたが、全く違う。あの時、執事はこう言ったのだ。

「ロイの両親が、ローズマリア家に行ってるって……」

「徴収の交渉だろう。最近は額も増えている」

ロイは視線を落としたまま口にする。

湯船に浸かった拳を見れば、血がにじむほど握りしめられているのが分かった。

「せっかく遊びに来てくれたのに、こんな関係のない話を君にしてしまって申し訳ない。気分を悪くしたよね」

すまない、そう言ってロイは作り笑顔を見せる。

俺は居ても立っても居られなくなっていた。

「このままじゃダメだろ……！　どうにか策を考えないと」

「先ほども言っただろう？　ローズマリア家の権力の前には策なんて意味を持たないんだ」

ロイは自虐的な笑みを浮かべたまま続ける。

「だから私は我慢するしかない……」

「ロイ……」

「案外ルーグ先生も良い先生みたいだし、Eクラスで逆に良かったかもしれない」

「ロイ」

「どうせ将来は搾取されるだけの人生さ。なら今のうちに学院生活を楽しんでおかないと――」

「ロイ！」

「っ!?」

俺は独り語りするロイの肩を強く揺さぶる。

自分の世界に引きこもろうとしていたロイの意識を現実に引き戻した。

「お前自身はどうしたいんだよ。客観的な意見じゃなくてお前の意見を聞かせてくれ」

「そんな私の意見なんて――」

「いいから！」

すぐに弱音を吐こうとするロイの言葉を遮る。彼は絶対に普段は人に己の弱いところを見せない人間のはずだ。それでも言わずにはいられないほどに精神が摩耗（まもう）していたのだろう。

「もちろん私だってこんな現状どうにかしたいさ。でも、どうしようも出来ないからっ……！」

「そうか、なら――」

俺はその場から立ち上がり、俯いたままのロイに告げる。

「後は全部、俺に任せとけ」

「え？」

俺に考えがあるわけでも、策略があるわけでもない。この状況を打破する自信なんて微塵（みじん）もない。

ただ俺は彼を助けたいと思った。一人でうずくまる彼に手を差し伸べたいと思った。

その姿が、幼い頃の俺に重なって見えたから――

そんな俺を見てロイは、

「ははっ、大事なものをもろ出しで言われても説得力はないな」

と、俺の顔よりも下に視線を向けながら苦笑を漏らす。

咄嗟に俺は湯船に浸かり直した。

「なっ⁉　しょうがないだろ、風呂なんだから！」

「あぁ、でもニート君が言ったように、君に話したおかげで少し気が楽になったよ。ありがとう」

ロイは焦っている俺に、頭が湯船に浸かりそうなほど深く頭を下げる。

先ほどまで張り詰めていた表情は、微かに緩んでいた。

俺が頭を上げさせると、ロイは切り替えるようにその場から立ち上がる。

「そろそろ露天風呂に行ってみようか。このままだとのぼせてしまいそうだしね」

「ろ、露天風呂……」

「どうしたんだい？」

「先にサウナに行かないか？　サウナで温まりたい気分というか……」

「でもかなり現段階で温まってるから、今の状態で行けばのぼせるよ？」

ロイの言う通り、湯船の中で長い間話をしていたため、かなり体は温まっている。しかし、のぼせそうな気配はまだない。

サウナに入ったからと言って、そう簡単にのぼせるものでもないだろう。屋外に出るよりは何倍もマシだ。

「大丈夫だろ。俺、暑いの得意だし」

俺はそう言いながらロイの忠告を無視してサウナ室に向かった。

この時の俺はサウナを理解していなかった。にわかのくせに調子に乗っていたのだ。

そのため、この後しっかりのぼせたのは言うまでもない。

『またこんなとこに独りでいるのか』

『あ、ししょう！』

いつものように、荒れた庭園に一人で座っていると、聞き馴染みのある声が耳に届く。

俺はすぐに振り返って、師匠のもとへ駆け寄った。

『本当にお前はいつも独りだな。友達とかはいないのか？』

『ししょうがいるからだいじょうぶ』

『いやいや、同年代の友達はどうなんだ？』

『いない。みんな第二王子として見てて、おれのなかみを見てくれないんだ』

俺は俯きながら小さく口にする。

この頃の俺は、金の話やら王位継承権の話やらで、小汚い大人たちに囲まれてかなり気が滅入っていた。引きこもりになった理由の一つに、この頃の経験がある。

誰もが作り笑顔で近寄ってきて、俺にどうにか取り入ろうとする。

でも師匠だけは違った。俺のことを第二王子ともニート様とも呼ばない。俺を俺として見て接してくれていたのだ。そんな新鮮な感覚をもたらしてくれる彼に、俺も惹かれていたのだろう。

『……なら今日は、前の話の続きをしようか』

『まえのはなし？』

『おいおい、もう忘れたのか？　言っただろ？　俺が名言みたいなの』

『ひとりの行いはなんとか……ってやつ？』

『そう、それだ！』

正直に言うと、師匠の容姿は小汚く、そこまで裕福そうにも見えない。

貴族の作法や礼儀なども全く知らないため、聞いたことはなかったが、多分平民のはずだ。貴族なら確実に毛嫌いするようなタイプである。

でも、そんな師匠はいつも俺に『未知』を教えてくれて、『道』を示してくれた。だから俺は、蠅（はえ）のようにたかる貴族たちと違い、師匠を尊敬していたし、憧れてもいた。

『お前も少し成長したしな、穀潰士の仕事の一つを教えようと思う』

『しごと!?　やってみたい！』

『別に仕事と言っても簡単だ、今日から本気で体を鍛え、魔術を会得（えとく）しろ』

『え？　穀潰士ってダラダラしたり、あそんだりするんじゃないの？』

引きこもることだけが穀潰士の役割だと思っていた俺には、師匠の言葉の意味は分からなかった。

何故なら俺が想像していたものと正反対だったからだ。

『もちろんそれが一番の仕事さ。でも穀潰士にはもう一つ大事な仕事……いや、使命があるんだ』

『しめい？』

『その使命をこなすための仕事が、体を鍛えたり、魔術を会得することなんだ』

仕事や使命などと言われても、幼い頃の俺には理解出来なかった。

けど、それで良かったのだろう。

師匠もあの頃の俺に理解させようと話していたわけではないはずだ。

『なんで？　ひきこもるなら強くなるひつようなくない？』

『いや、それが必要なんだよ』

師匠は不思議そうにしている俺の瞳を捉えて答えた。

師匠の瞳には確かな信念が宿っている。彼からは貴族の腐った視線を感じない。それは幼い頃の俺でも分かるほどである。

そんな師匠が次に口にした言葉は、今まで語られてきたどの言葉よりも重みがあった。

『だって穀潰士の使命は――』

あの日、俺は穀潰士になるために強くなろうと誓ったのだ。

サウナを堪能し、ロイと温泉から出ると既にステラが外で待っていた。彼女曰く、ちょうど自分も出てきたばかりで良いタイミングだったそうだ。
その後、俺たちはロイの屋敷で夕食までご馳走してもらった。本当にいたれりつくせりでロイと屋敷の関係者の人には感謝しかない。
暗くなった頃合いを見て、俺たちは行きと同様に帰りも馬車で家まで送ってもらった。家までと言っても、じゃあ俺は王城まで、なんて言えるはずもない。それに俺は平民という設定であるため、貴族街が大半を占める北区域に帰れば怪しまれるのは目に見えている。

そのため、ステラを先に家まで送ってもらった後、俺は南区域の適当な場所で降ろしてもらった。

そこからはさっと物陰に隠れ、転移魔術を使って一瞬で王城まで帰ったのだ。

自室に転移すると、俺は部屋から出て真っ先にある者のもとへと向かった。

「フェルマ。ちょっといいか？」

「どうかしましたか、ニート様」

フェルマ。彼女はこの王城で働いている侍女だ。ただ他の侍女と違う点は、彼女はアレクだけの侍従(じじゅう)だということ。兄のことを聞くならフェルマが一番の適任だろう。

「兄さんはもう帰ってる？」

「いえ、まだ帰られておりません」

「そうか、もう帰ってくる時間帯だと思っていたのに、生徒会長は忙しいんだな」

「いえ、お忙しいとは思いますが、今回は別件かと」

「別件？」

「アレク様から、当分の間は留守にされると聞いております。学院にも一週間ほど休学届を出されておりました」

「そうなんだ……」

ローズマリア家について相談するならアレクが適任だと思っていたのだが、流石に一週間も待てない。なら国王である父に相談すれば……

しかし、それはどこか違う気がした。

友達が困っているにもかかわらず、自分は何もせずに大きな権力に頼るだけ。それこそローズマリア家と似たようなことをしているのではないか。

それに俺はロイの目の前で大見得を切っていた。

俺が第二王子であると知らないロイは、所詮、平民の戯言(ざれごと)だと思っているだろう。だが、俺はこう見えて、一度決めたことは最後までやり遂げる主義だ。

あのロイの話を聞かされて、見て見ぬふりをすることなど出来るはずがない。父に直接報告するという手段は最終手段として取っておくつもりだ。

「アレク様にお伝えしたいことがあるなら伝言を預かっておきます」

「大丈夫。呼び止めて悪かったな」

「いえ、お構いなく」

では失礼します、そう頭を下げてフェルマは通常の仕事に戻る。

兄が一週間もいないのは想定外だったが、いないものは仕方ない。

自分だけでローズマリア家をどうにかしなければならない。

俺は夕食も風呂も済んでいるので、とりあえず母の自室へと向かった。今朝テトを預けたまま、まだ顔を出せていなかったからだ。

「母上。テトの様子を見に来ました」

「入っていいわよ」

「クゥーン」

母の自室の扉を開けると、まず最初にテトが視界に入る。

テトは床の上で大の字になって転がっていた。鳴き声もどこか覇気がないように聞こえる。

「まだテトの体調は治ってないんですか？」

「そんなことないわよ？　テトちゃんはもうすっかり元気になってるわ」

「え？　でもこんなにぐでーんとしてますけど……」

「それはそういう性格なのよ。昔のニートちゃんに似てて可愛らしいわぁ」

母はしゃがみこむと、テトを撫でながら微笑む。よく見れば半目で、ずっと気だるげにしている。

まぁ俺はここまでだらしなくはないと思うけど。

「テトちゃんに必要なものは、既にニートちゃんの部屋の前に運んでおいたわ。世話は自分で出来るわよね？」

「もちろんです」

「念のため、王城内での放し飼いは禁止ね？　グレイちゃんに見つかったらあの人、仕事しなくなるから」

「分かりました。自室か、それ以外は外に連れて行こうと思います」

そんな約束を母としてから俺はテトを受け取った。テトは俺の腕に抱かれると、もぞもぞと背中に回って俺の頭上へと移動していく。そのままテトは俺の頭の上に腹を乗せて無気力に眠り始めた。

あれほどの怪我をしていたのに、よくもまぁこれほど警戒せずにいられるものだ。俺がその傷を癒したからというのもあるかもしれないが。

それから俺はまっすぐ自室へと戻った。

母の言った通り、部屋の前にはテトの家だったり、遊び道具だったりと色々な道具が置いてある。

餌に関しては母もテトが何の動物か分からなかったためか、色々な種類の餌が置かれていた。テトに合うものをゆっくり見つけていけばいいだろう。

「うーん……」

俺はベッドに腰をかけ、再びローズマリア家の対策を考える。

相手は貴族。それも最近、勢いづいている中流貴族だ。

やはりリドリック家から徴収している証拠を見つけるのが一番だろう。五億もの金を、一つの貴族家から徴収するのは明らかに法律に違反している。契約書だったり、現場だったりを押さえれば一発でアウトだ。しかし、細々と俺一人が探ったところで、証拠など出てくるはずもない。

賢い相手と言えば、俺は今まで兄のアレクにはいつも敵わなかった。手の中で転がされているような、まるで全ての行動が読まれているような。今でも俺は兄には勝てないだろう。

そんな賢い相手とどうやって戦うのか。

手の上で転がされる前に、敵だと認識される前に、強引に終わらせれば良いだけの話だ。

「ははっ、やっぱりこの方法しかないよな」

「クウン！」

俺は頭に浮かんだ脳筋のような案に苦笑を浮かべた。

俺の太ももの上で丸まっているテトも賛同してくれているのか、珍しくはっきりとした鳴き声を上げた。

考えはまとまったが、既に今日は陽が落ちている。今行動するのは得策ではないだろう。それに、やるなら準備万全の状態で挑みたい。

俺はどすっと勢い良くベッドの上に寝転がった。

テトは俺が寝ると分かったのか、ベッドから飛び降りて、用意されていたテト自身の家にすんなりと入る。色々しつけなければならないと思ったのだが、テトはだらしないものの、案外賢くはあるのかもしれない。

「穀潰士の使命か……」

俺はボソッと唇を震わせる。

懐かしい過去の記憶を思い出しながら、ゆっくりと瞼を閉じた。

◆◆◆◆◆◆◆

場所は遠くへ移り、北方のイスカルにて。三方を冷たい海に囲まれ、唯一大陸と繋がっている南方には巨大なギルガルド山脈が聳え立つ雪国だ。その王都グランデムでのこと。

王城の玉座に深く腰をかける、イスカルの国王、バトロンは頭を抱えていた。

「まさかルゥがやられるとは……」

アストリア国に送った刺客ことルゥ。彼はイスカル国の中でも五指に入るほどの実力者であった。

そんな彼からの報告が全く来ない。二日経っても音沙汰（おとさた）がない。これは作戦の失敗を意味していた。

「エルドワード家を潰せていれば、ことを楽に運べたんだがな」

一人娘のソフィアを失えば聡明な当主といえど、まともな判断が出来なくなる。経済の中枢（ちゅうすう）を担う大公を潰しておけばかなり国力が低下するだろう。

戦争を行う際、国王の右腕たる大公が機能するのとしないのとでは大きく変わってくる。

「まぁいい。所詮、刺客は前菜に過ぎない」

バトロンは気持ちを切り替えるように言った。

そして目の前に立つ青年に向かって問いかける。

「なぁ、そうだろ？　アストリア国の第一王子さん」

「そうですね、失敗したところでこれからの作戦にはあまり影響はありません。それにしても、エルドワード嬢を狙うなんてお人が悪い。彼女は僕の尊敬する先輩なんですよ？」

口角を吊り上げるバトロンに、アレクは含みのある笑みで答える。

「ふん、お前さんにはお友達が何千といるからな。それを避けたら誰も暗殺出来んよ」

「ま、それもそうですね」

アレクの隣には仮面をつけた女性が立っていた。その正体は運び屋こと、ソフィアである。

万が一のことがあった時の脱出の手段として、アレクは彼女を護衛に起用していた。

当然、彼女の素顔はイスカル国側には割れているため、こうして正体を明かさないように仮面をかぶっている。

「さて、そろそろ本題に入るか」

アレクはイスカルの玉座の間で、イスカルの王と会談をしていた。

と言っても、これは秘密裏(ひみつり)に行われているもので、ここでの情報が外部に漏れることは一切ない密会だ。バトロンの周りには十名ほどの護衛と軍の幹部がいるが、それも国王の彼が最も信頼を置いている者たちだった。

何故、わざわざ密会などしているのか。それは会話の内容を聞けばすぐに分かるだろう。

「しかし、よくもまぁ母国を裏切るような真似が出来るな。同じ王族として恐怖すら感じるぜ」

そう、この密会はアストリア国を滅亡させるためのもの。その密会にアレクが参加しているということは、国を売ったということだ。

「ははっ、バトロン様には敵いませんよ。国民から魔力を徴収するなんて僕は考えもしませんでした」

「我ながら天才の考えだろ？　まぁ流石に俺は国は裏切らないけどな？」

アレクの言葉にバトロンはにんまりと歪(いびつ)な笑みを漏らした。

イスカル国の圧倒的な軍事力の秘訣(ひけつ)。それは国民から魔力の徴収によるところが大きい。

イスカルもアストリアと同様に身分がいくつか分類されている。その中で、平民のさらに下の身分である下民(げみん)は国から魔力を徴収されるのだ。

生かされるために飯を食わされ、後は限界まで魔力を搾り取られるだけの毎日。人間農園、そんな例えをすれば分かりやすいだろうか。

集められた魔力で、軍事兵器や魔道具を作る。そうして出来上がったのが五大国で一、二を争うイスカル軍だ。

下民たちは圧倒的な権力の前には抗う術もない。ましてイスカルは巨大な山脈と海に囲まれた雪国だ。他国に亡命しようとしても、その道中で確実に命を落とすことになる。

「それで計画の進捗はどうなんです？」

「順調だ。お前さんが情報を流してくれるおかげでな」

「お役に立てたなら何よりです」

アレクは異国の王子、それも滅ぼそうと計画を企てている国のだ。そう簡単にバトロンが信頼するはずがない。そこで、アレクはアストリア国の軍事機密などの情報を全てイスカル国に横流しした。一発でアストリア国が危険に晒されるほどの機密までも渡している。

こうして得られた信頼が、今の二人の関係に繋がっていた。

「決行は三か月後だったな？」

「はい。その日に三英傑がちょうど国を空けますから」

三英傑はイスカル国にとって無視出来ない存在であった。

どれだけ練られた作戦であっても、圧倒的な暴力の前では何も意味を成さない。三英傑のそれぞれには、たった一人で戦況を覆すほどの力があるのだから。

この戦争の勝敗は、どう三英傑を避けて国を落とせるかにかかっていた。

「国を空けるだと？」

「勇者と賢者は三か月後にダンジョンへの遠征(えんせい)に向かうので、一週間は国を空けるでしょう。そうなると影の王は強制的に王都から動けなくなります」

ダンジョン。それはこの世界にいくつか存在する地下迷宮の名称だ。ダンジョン内には魔物と呼ばれる異形の怪物がいるが、討伐すれば魔力の塊である魔石など、貴重な資源も手に入る。

未知の場所であるため、ダンジョンを攻略する際には国としても最高戦力をあてる。そこで次回の攻略に選ばれたのが勇者と賢者。

そして三英傑のうち残り一人は、国王の護衛につくことになっているため、影の王は王城から動けなくなる。

「そうか……なら三英傑を全て無効化出来るというわけか！」

あっはっは、とバトロンは豪快に笑う。

勝ち筋が見えたとでも言いたげな表情である。

「念のためにもう一度、計画を確認してもいいですか？」

「あぁ、まず第一軍を……」

それからバトロンはアストリア国侵略(しんりゃく)の作戦について話し始めた。

まず、アストリア国とイスカル国で戦争をするにあたって大きな障害になるのがギルガルド山脈だ。

標高三千メートルの絶壁。何十万もの軍で山脈越えをするのは無理に等しい。

そこで軍を二つに分けた。

一軍目がギルガルド山脈を越えて奇襲を仕掛ける二万の精鋭たち。

そして二軍目が海を渡って迂回してくる二十万の兵士たち。

まず、二万の精鋭にアストリア国の北の砦である『ルーベルク』という都市を占拠してもらう。

食料的にも中継地点を確保しなければ、王都侵略は不可能であるためだ。ルーベルクで準備を整え、二十万の軍と合流して王都陥落を狙う。これがイスカル側の作戦だった。

「ホーキス将軍、ちょっといいですか?」

「何だ?」

「ホーキス将軍って確か一軍の総司令でしたよね?」

「あぁ、それがどうかしたか?」

アレクはバトロンの隣にいる一人の大男に声をかけた。彼はイスカル国で最強の称号である『将軍』を冠している男だ。その実力は三英傑には及ばないが各国から恐れられており、イスカル国では国王の次に権力を持っていた。

「ホーキス将軍に一つ頼みたいことがありまして」

「俺に頼みだと?」

「ええ、僕の弟である第二王子のニートを殺してほしいんです」

「なっ! 貴様の弟を殺せだと?」

ホーキスはアレクからの提案に驚愕する。兄が自分の弟を殺してほしいなどと頼むのは普通ではない。しかし、アレクの目は既に覚悟を決めている者のそれだった。

「弟は優秀なのでいつ王座を奪われるか分かりません。なのでお手を煩わせてしまうことにはなりますが、ホーキス将軍直々に手を下してほしいのです」

「別にそれは構わんが、居場所などは分かるのか？」

「僕が三か月後の侵略に合わせて、弟をルーベルクに向かわせるように手を回します」

「分かった。他に何かあるか？」

「いえ、後は大丈夫です。国民に関しては皆殺しにしてもらっても構いません」

自国の国民を皆殺しにしてもいい、王族ならたとえ冗談でも口に出来ないような言葉だ。

アレクの冷酷な言動に、バトロンや耳を傾けていた護衛たちまで身をすくめた。

「流石に王子の暗殺を失敗すれば大惨事どころではないからな。出来るだけ慎重にいかせてもらうぞ」

「もちろんです、ホーキス将軍。僕に出来ることなら何でもしますよ」

現在は小競り合いこそあるものの、国同士の戦争は起きていなかった。しかし、いつ起きてもおかしくないような張り詰めた状態であるのには違いない。

どこかの国が戦争を仕掛ければ、それを理由に他の三つの国も戦争を起こしやすくなる。連鎖が積み重なり、世界大戦に繋がる可能性は大いにあった。

「わっはっは、息子に反逆を企てられてるなど知らないアストリア国の国王には、我も流石に同情するわ！」

「ですね、本当に何も知らない道化には同情しますよ」

腹を抱えて豪快に笑うバトロンに対して、アレクは薄く笑みを浮かべながら、ボソッと独り言のように呟いた。

ロイの屋敷に招待してもらった次の日。俺は普段通り学院に登校して、授業を受けて、クラスメイトと交流を深める。そんな当たり前の日常を送っていた。

その次の日も、次の日も、次の日も。

しかし、五日後になると様子が変わった。

一限目が始まる数分前、Ｅクラスの教室にて。

「ん？　ロイはどうした？」

座席を見渡しながらルーグ先生が眉をひそめる。

普段なら十分前には登校しているロイが、未だに席に着いていなかったのだ。

「おい、委員長（ニート）。なんか聞いてるか？」

「今日は休む、とだけ聞いてます」

「そうか、あいつが休むのは珍しいな。まぁなんか事情でもあるんだろ」

じゃあ授業を始めるぞ、とルーグ先生の掛け声でいつものように一限目が始まった。

そこからはロイがいない日常を送っていく。

三限目の半ばぐらいだろうか。隣の席のステラが心配そうに聞いてきた。

「ロイ君、風邪でもひいてるのかな……放課後にでもお見舞いに行った方が良いよね？」

「大丈夫だろ、ロイは体だけは丈夫そうだし」

俺は軽くあしらうように言って、意識を再び授業に向ける。

ステラも渋々といった感じで視線をルーグに戻した。俺のことを冷たい人間とでも感じただろうか。それでも、ステラには悪いが、彼女をこの事件に巻き込むわけにはいかない。

これはロイと彼の家族、ローズマリア家の問題であり、俺自身の問題なのだから。


それは前日の放課後のことだった。

いつものように転移魔術で帰ろうと、トイレに向かっているとロイに呼び止められた。

「ニート君、少しいいかな？」

「どうした？」

俺を呼び止めた時のロイの表情は、言っては悪いがかなり酷いものだった。いつもの生き生きとしていた雰囲気は消え失せ、瞳からは光が失われている。

そんな彼が何を言おうとしているのか、聞く前から大体が予想出来ていた。

「実は明日、両親がローズマリア家に呼び出されているんだ」

「行くつもりなのか？」

「…………」

単刀直入に尋ねた俺にロイは驚きながらも、すぐに黙り込んだ。

おおよそ彼が切り出そうとしていた話の内容と一致していたのだろう。

「このままではいけない。それはニート君の言う通りだと思う」

この四日間、ロイは平静を装っていたが、内心かなり思い詰めていたのは傍目にも分かった。気にしないふりをしたところで、毎日のように金を徴収されているのだから、それも当然だ。

そして、その事実をロイに再認識させたのは俺だ。

「だから私は自分から立ち向かうことにしたよ。見て見ぬふりはもうやめだ」

ロイの覚悟を宿した瞳が俺を貫く。

明らかに危険だ。相手は同じ貴族から限界まで金を搾り取るような奴らだ。正面から敵対すれば何をされるか分からない。彼自身が先日言っていたように、失敗すれば徴収金額をさらに増やされる可能性だってある。

けれど、俺には彼の意思をねじ曲げる権利などない。

「そうか……なら俺はロイの意見を尊重するよ」

「ありがとう。本当に君に相談して良かったよ」

この言葉がロイとの最後の会話だった。そして次の日である今日、ロイは学校に来ていない。

ロイが両親とともにローズマリア家に行ったと見ていいだろう。

ロイは実力もあり、信念も強い人間だ。

たとえローズマリア家の前であろうと、自分の意思を正直に伝えようとするはず。しかし、それでも権力の前では、その意思の強さが何も意味を持たないこともある。

「…………」

俺は視線をルーグ先生から窓へと移す。

そこから見える、薄暗い空にどんよりと浮かぶ雲を、俺は無気力に眺めていた。

ローズマリア家の屋敷にて。

ロイの父と母はローズマリア家の当主に呼び出されていた。

「何故貴様らが呼ばれたか分かるな？」

「「…………」」

ローズマリア家の当主であるピーターは、高そうな椅子に深く腰をかけていた。贅肉まみれの体に一切鍛えられた形跡がない容姿。ただ高くて美味い飯を食って、人から金を奪って、その金で娯楽を楽しむ。そんな生活を何十年も送ってきた、クズの象徴のような姿だ。

「今月分の徴収金額が足りていないのだが、弁明はあるかね？」

「「……申し訳ございませんでした」」

ピーターに対して、ロイの両親は膝を地について、ただひたすらに頭を下げ続ける。

二人とも大の大人であり、誇り高きアストリア国の貴族の一員だ。それでもそんなプライドは自分より位の高い貴族の前では捨てざるを得ない。

今回の呼び出しは、完全にピーターの娯楽によるものだった。

徴収金額が足りていない？　それはつい先ほどピーターが勝手に額を増やしたためだ。たった数分前に増やされたところで間に合うはずもない。

けれど、そんな滅茶苦茶な言い分に対しても、下流貴族の二人は文句を言える立場ではない。

ピーターはそうやって自分の権力によって人を弄ぶのが一番の趣味だった。

しかし、そんなピーターの至福の時間を遮るように突然、この部屋の入口の扉が大きく開く。

そこから現れた一人の青年が、部屋に足を踏み入れた。

「失礼します」

「誰だ貴様は？」

「私はロイ・リドリックと申します。今日は徴収の件について相談に参りました」

「貴様らの息子か。我はお前を呼んだつもりはないのだが？」

ピーターはロイを面倒くさそうにあしらう。

けれどロイはその場から引こうとはしない。

「現在の徴収額は法律を完全に無視していますよね？」

「それで？」

「もし、今の徴収額を今後減らしていただけないのであれば、私は王族に報告します」

「ほぉ？　この我を脅しているのか？」

反抗心を見せるロイに、ピーターは薄ら笑いを浮かべる。良い獲物を見つけた時の狩人の表情、とでも言えばいいだろうか。脅されている側らしかぬ態度だ。彼は誰かに脅されたり、自分が不利な状況に陥ったりすることなど考えてすらいない。

「ソルト、息子の教育がなっていないようだが？」

「も、申し訳ございません！　な、何をしてるんだロイ！　今すぐ下がりなさい！」

「そ、そうよ、ロイちゃん、早くピーター様に謝るのよ！」

ロイの父親であるソルトと、母親のエルリアはすぐにロイに謝るように言う。

この国の中流貴族と下流貴族の関係において、それは正しい選択である。

けれど、今のロイにはそんなものはどうだって良かった。

「二人とも黙ってくれないだろうか！」

「「っ⁉」」

「そうやっていつもあいつに頭を下げてばっかり！　もう本当に我慢出来ないんだよ！」

ロイは今まで隠してきた憤怒の感情をあらわにする。

初めて見るロイの一面に、両親は目を見開いていた。

これまではその感情を押し殺すことが出来ていた。誰にもバレないように、自分でも気づかないように隠し通すことが出来ていた。だが強制的にニートによって呼び起こされてしまったのだ。枷のなくなった激情を抑えることはそう簡単ではない。

ピーターはそんなロイに面倒くさそうな視線を送る。

「ちっ、青くさいガキはこれだから面倒なんだ。バーバル、現実を見せてやれ」

「承知いたしました」

ピーターの横で待機していた男が、ゆっくりと正面に出る。筋骨隆々とした巨躯に、殺気がだだ漏れの双眸。彼の名はバーバル。ピーターが雇っている護衛の中で一番の実力者だ。

「こいつは裏社会でも有名な奴でな！　諦めるなら今のうちだぞ？」

ピーターは虎の威を借る狐のようにバーバルの背後から吠える。

バーバルは自分の拳を武器として戦う拳闘士である。裏社会では『魔術師殺し』との二つ名を持っていた。

普通なら、バーバルを前にすれば大抵の人間はその威圧感に萎縮してしまう。

しかし、ロイは一歩も下がろうとはしなかった。それほどまでの覚悟を宿していた。

「この日のために私は精進してきたんだ！　諦めるわけがないだろう！」

ロイが同年代に比べて実力が突出していた理由。それは全てこの日のためだ。

権力には太刀打ち出来ないと思いつつも、心のどこかで受け入れられない自分がいた。

自分の家を守るために。家族を守るために。ロイは腰に差していた剣を構え、詠唱を始める。

「火の加護のもとに」

ロイは最初から、己の全魔力を一撃に込める。

これより放つのは、中級魔術の中でも上位の威力を持つ【獄炎付与】。剣を振る時に火魔術を付与することで、全てを焼き尽くす最強の一撃へと変貌させる。

ピーター本人は見ての通り、戦闘が出来るタイプではない。バーバルさえ倒せたら状況は大きくロイ側に傾くのだ。

ただしバーバルもピーターが護衛として雇うほどの実力者。ロイの勝機は、最初の舐められている時しかなかった。

そのためロイはこの一撃に全力を注ぐ。しかし……

「断罪の刃に炎を纏わせ——」

「させるわけねぇだろ馬鹿が」

バーバルはその筋肉を活かし、跳躍してロイに肉薄した。

距離を詰められたロイは後方に下がろうとするが、バーバルはついてくる。

それからバーバルは拳でロイに一撃を与える……かと思いきや、ロイが構えていた剣を握り締めた。そしてバキッという甲高い音とともにロイの剣が折られる。

「え？」

想定外の状況にロイは驚きを隠せない。

はなからバーバルは、ロイと正面から渡り合うことなど考えていなかった。彼の目的は一つ。ロイの動きを封じるために武器を破壊すること。

バーバルが裏社会で生き残ってこられたのは、誰よりも慎重だったからだ。どんな相手が敵でも絶対に手を抜いたりはしない。その絶対的な力で完膚なきまでにねじ伏せる。

普通にロイと戦っても勝てただろうが、今回も念には念を入れて、初手は武器の破壊から行った。

これに関しては、ロイの圧倒的な実戦の経験不足だろう。予備の武器を持ってきていれば状況も変わったかもしれない。

「なっ、私の剣が……！」

「はっはっは！　結局、武器がなかったらこれだもんなぁ！」

「うがっ！」

剣を折られ、動揺しているロイに、バーバルは躊躇なく重い一撃を入れた。鳩尾に入った拳はロイの内臓を揺らし、胃酸を逆流させる。

「げほっ、ごほっ！」

ロイは思わず地面に両腕をついた。あまりの激痛に脳が揺れる。体が燃えるように熱い。

魔術を食らうのとは全く別の感覚がロイを襲っていた。痛みのあまり、今のロイはまともな思考も判断も出来ない。

うずくまるロイを見て、居ても立っても居られなくなったようで、ずっと黙り込んでいたソルトが声を上げた。

「お、おやめください！　ピーター様！」

「ほぉ？　貴様ごときが我に逆らうというのか？」

「息子には手を出さない……それが条件だったではないですか！」

「こやつが先に手を出してきたのだろう。おい、バーバル。もう少し痛めつけておけ」

ソルトの説得も虚しく終わり、ピーターは再びバーバルに指示を出した。

「死なない程度に遊んでやるよぉ！」

バーバルは再び、拳を握り締めてゆっくりとロイに近づく。

ロイも必死に後ろに下がろうとするが、先ほどの一撃で平衡感覚を失いかけており、足元がふらついていた。それほど強力な一撃だ。もう一度食らえば無事では済まない。

バーバルは拳を大きく引いて、ロイの顔面に照準を合わせる。

そして——

「なっ⁉」

バーバルが振り抜いた拳がロイに届く………ことはなかった。

これからも二度とロイに届くことはない。何故なら、

「すまん、ロイ。少し遅れたわ」

バーバルの拳はニートの手によって遮られるからだ。

◆◆◆◆◆◆◆

突如、この部屋の中心に現れたニート——俺に、反射的に大男は後方へ下がった。

「に、ニート君？　な、何故ここに……」

「言ったろ？　全部俺に任せておけって」

内臓をやられたのか血を吐いているロイ。そんな我が子を前に、憤る父と涙する母。なんと惨憺たる光景なのか。

よくもまぁ、これほどまでに外道な行いが出来るな。

「何だ貴様。どこから現れた？」

どっしりと椅子に腰かけたままのローズマリア伯爵――ピーターは、俺を見下すように傲慢な態度で聞いてくる。

いや、違う。普段から自分以外の人間を見下しているのだ。それが習慣づいているのだろう。こんな奴、見ているだけで吐き気がしそうだ。アストリア国の国民であるなど認めたくもない。

俺が黙り込んでピーターを観察していると、彼は埒が明かないと判断したようだ。面倒くさそうに大男に指示を出す。

「バーバル、さっさとそのガキをつまみ出せ」

「はっ！」

ピーターの命令によって、バーバルという大男は俺にゆっくりと近づいてくる。

傲慢で醜悪な表情。尊大で余裕に溢れた態度。一瞬、この大男もあの豚男に無理やり従わされているのかと心配したが、どうやら違うらしい。それなら俺も遠慮なく殴り飛ばせる。

「ここはな、貴様のようなガキが入っていいような場所では――」

「邪魔だ。どけ」

「――ぶおっ⁉」

俺はバーバルの頬めがけて裏拳を全力で振り払った。もちろんただの拳ではない。様々な魔術で威力を増している。

反応が遅れたのか、ただ単に間に合わなかったのか、バーバルの頬に見事に俺の拳がめり込んだ。

その勢いで彼は何度も地面を転がりながら、轟音を立てて壁に衝突した。

それから、ピクリともその場から動かなくなる。

「何だ、見た目よりも弱いな」

バーバルの外見からして、かなりの強者だと思っていたのだが、俺の勘違いだったようだ。

俺程度の拳に一撃でやられるなど脆いにもほどがある。こんな雑魚を護衛に雇うなんて何を考えてるんだか。

「へ？」

ピーターはそんな光景を前に、呆然としていた。先ほどまでの余裕は消え失せ、表情に恐怖が刻まれる。

俺は今まで溜まりに溜まった鬱憤を晴らすべく、冷酷に告げた。

「邪魔者はいなくなった。さぁ、次はお前の番だ。ピーター・ローズマリア」

「ば、バーバルが一撃？　あの魔術師殺しのバーバルだぞ？」

ピーターは唇を小さく震わせた。椅子から立ち上がり、気を失っているバーバルに視線を移す。

きっと大金を積んで雇ったのだろう。そんな人材が子ども相手に瞬殺されたのが信じられない、といった様子だ。

「何だその二つ名？　というかどこが魔術師殺しだよ」

俺は俺で、バーバルがかなりの強者であるという話が眉唾ものに感じていた。

まぁこんな制服を着た学生が相手だ。油断でもしていたのだろう。それにしても弱すぎたが……

魔術師殺しなんて二つ名も過大評価な気がする。勝手に自称していただけかもな。

かなり強い護衛がいることを警戒して、鞄に戦闘用の魔道具を色々入れてきたが、使う必要もなさそうだ。

「ちっ」

ピーターは舌打ちをしながら、近くにあった机の引き出しを漁り始めた。そしてすぐにスイッチのようなものを取り出す。

「これを使う気はなかったんだがな！」

そう言って、ピーターは勢い良くスイッチを押し込んだ。

すると耳障りで大きな音が屋敷中に何度も響き渡る。

「何だこの音は？」

「ふっはっは、警報だよ！　すぐに屋敷中の護衛がここに集まる！」

どうやら護衛たちの招集用の警報のようだ。

一瞬、バーバルがやられ、恐怖を抱いていたピーター。しかし、再び勝ち誇ったような笑みを浮かべていた。

それから一分後。

「もう少しで来るはずだ！」

三分後。

「ま、まぁこの部屋は最上階だ、少し遠いから遅れても仕方ない」

五分後。

「………………」

七分後。

「ふ、ふざけるなあぁぁぁぁ！　何故護衛たちが誰も集まらないのだ！」

ピーターは誰も来ないことに怒号を上げる。流石に七分以上は我慢出来なかったようだ。七分も何もせずに待った俺のことを褒めてほしい。

「ここまで来る道中で邪魔してきた奴は全員倒したぞ」

「我は中級魔術師より上の者しか雇っていないのだぞ？　それも百人はいたはずだ。倒すなど不可能に決まっておる！」

「何十人かは途中で逃げたな。実際立ち向かってきたのは六十人ぐらいだろ」

「……は？　本気で言っているのか？」

俺はこのピーターの部屋に直接転移してきたわけじゃない。

人がいるような場所に転移するのはかなりの危険が伴うのだ。転移するなら安全が確保されているような場所でなければならない。

なので、本当に嫌ではあったが、少しの日差しを我慢して屋敷の入り口付近に転移した。

そこからは簡単だ。この部屋まで一直線に向かってきた。

たまに邪魔してくる黒服の人たちが何十人かいたので相手をした。すると演技かと思うほど、あっさりと倒れてくれたのだ。

最初は屋敷の護衛かと思ったが、あまりにも弱すぎたので、途中から疑心暗鬼(ぎしんあんき)になってしまった。ただの執事だったのだろうか。それにしては数が多かった気もするが。

「まぁ来ないなら俺の番ってことでいいよな?」

俺はそう言いながら、ゆっくりとピーターまでの距離を詰める。

対して、ピーターは後ずさりしながら吠え散らす。

「き、貴様!　この我に手を出していいと思っているのか!」

武力が効かないと判断したピーターは、今度は権威に縋ることにしたらしい。

「我はローズマリア家の当主だ!　この我に手を出すことの意味を分かってるのか!」

「……っ」

俺はピーターの言葉を耳にした途端、ピタリと歩みを止めた。

そんな俺を見て、ピーターはにんまりと笑みを深める。

「ふっふっ、そうだなぁ。お前の家族は皆殺しだ。そしてお前の友人、関係者もろとも金を搾り取って殺してやる!」

実を言うと、現在この部屋は俺の魔道具によって録画、録音されている。証拠不足だった時に補う目的で、こっそりと設置していた。そして今、ピーターはあっさりと自爆してくれたというわけだ。確実に今のは言い逃れ出来ない。

そのことを知らないピーターの勢いは止まることはなかった。

殺すとか、脅すとか、なかなかに危険な単語を飛ばしてくる。そんな無知で愚かなピーターを見て、俺は立ち止まり、笑いを堪えていたのだ。

しかし俺が怯えて固まったと思っているピーターは、さらに調子に乗り始める。

「それが嫌だったら、今すぐ地面に頭をこすりつけろ！　我に首（こうべ）を垂れるのだ！」

「………」

ピーターは唾を撒き散らしながら言った。けれど、俺はその場から動こうとはしなかった。思い通りにならない俺を見て、ピーターは額に血管を浮き上がらせて激高する。

「謝罪しろと言ってるんだ！　聞こえないのか？」

「なぁ、一つだけ確認したいんだけどさ」

俺の態度が変わることはない。

俺がここに来たのには理由があった。もちろんロイと約束していたというのもある。

しかし、戦う助っ人として来たわけではない。であれば何故来たのか。

それはリドリック家に絡みつく、地位や爵位問題の全てを、俺の王族という肩書で吹き飛ばすためだ。

「身分が上なら何でもしていいっていうのがあんたの持論だっけ？」

「そうだ！　貴様ごときが中流貴族の私に盾突（たてつ）いてはならない！　そう親に習わなかったのか？」

どうやら俺はピーターに、下流貴族か平民だと判断されているらしい。俺が制服姿だからか、それとも知らない人間だからそう思ったのか。

まぁ、金にがめついピーターのことだ。自分より身分が上の者の顔や名前は全て覚えている、そう考えた方が納得がいく。だが流石に十年間引きこもっていた俺の顔は知らなかったらしい。

俺はピーターと同じような気色の悪い笑みを浮かべながら言った。

「じゃあお前は頭を地面にこすりつけて、ロイたちの前で謝罪しろ」

「……は？」

「あと、リドリック家から徴収した金も全額返せ」

「ま、待て、貴様は何を言ってるんだ？」

ピーターは誰かに指図されたことなど、数えるほどしかないに違いない。自分が命令されているのだと気づくのが遅れた。

俺の尊大な物言いに、ピーターは動揺を隠せない。普段なら聞き捨てるはずのガキの言葉だ。しかし、ほんの一瞬、嫌な予感が脳裏をよぎったのだろう。俺が中流貴族より上の存在であるという予感が。

「さっき俺が何者だ、って聞いたよな？」

ここで俺は今まで隠していた本当の名を、このタイミングで告げる。

「俺の名は『ニート・ファン・アヴァドーラ』」

「へ？」

「「え？」」

俺が名乗るとピーターは素っ頓狂な声を上げた。

後方で傍観していたリドリック家の三人も唖然としている。

理解出来ていないというのが一目で分かる表情だ。全員自分の耳を疑っていることだろう。

なので俺はさらに付け加える。

「そうだな、こう言えばいいか？　アストリア国の第二王子、とでもな」

「――っ!?」

その瞬間、ピーターは明らかに息をのんだ。

初めて、瞳に恐怖を宿らせたと言うべきだろう。

「何故このような場所に、それも穀潰しの第二王子が……！」

アレクや妹のアーシャからは俺が穀潰しの第二王子と呼ばれていると聞いていたが、こうして目の前で聞くのは初めてだった。

まさか本当に呼ばれているとは思ってもいなかった。意外と悪い気はしないものだ。

「しょ、証拠はあるのか！　そう名乗れば嘘がつけると思うなよ！」

「証拠？　これでも見せておけばいいか？」

「そ、それは王族の証……！」

俺は用意していた短刀を鞄の中から取り出し、ピーターに見せびらかすように掲げた。

この短刀は王族だけが所持することを認められる、いわば王族の証だ。ピーターのような疑り深い人間でも、この短刀を目にしてしまえば俺が王族であると認めざるを得なくなる。

「た、大変申し訳ございませんでしたぁ！」

その後ピーターは椅子から立ち上がり、勢い良く地面に頭をこすりつけた。

「貴方様が第二王子殿下だとは知らず、つい不遜な態度を……」

おうおう、手のひらをぐるんぐるん返してくるな。

ここまでくると怒りを通り越してつい笑いそうになってしまう。

「第二王子殿下への不敬な発言。私も大変猛省しております。謝礼金もたくさん払いましょう。なので、このことはどうか内密にしていただけないでしょうか？」

「いくら？」

「一億……いや、二億でいかがでしょうか？」

「あぁ、いいぞ？」

「第二王子様のご厚意に感謝申し上げます！」

俺が承諾すると、ピーターはホッとしたような顔をした。

対して、傍から見ていたロイ一家からは冷ややかな視線を感じる。まぁ、安心してほしい。俺がこのローズマリア家を許すわけがないのだから。

「じゃあ明日には牢屋行きだと思うから、準備しておけよ」

「え？　内密にしてくださるのでは……」

「だから俺個人への不敬は見逃してやるよ。だが、リドリック家に対する違法な徴収やその他諸々は父上に報告させてもらう。しっかり証拠も揃ってることだしな」

「なっ、それだけはお許しください！」

ピーターは何度も頭を地面にこすり付けて謝罪した。まさかあの傲慢な彼がここまで下手に出るとは。それほどまでに焦っているのだろう。

そんなピーターを無視して俺は背を向けた。しかし出入口の扉に手をかけ、部屋を出ようとしたところで、一度足を止める。

「あ、帰る前に一つ忘れてた」

「も、もしかしてお許しを――」

俺が振り返ってピーターのもとへ向かうと、彼は希望を見出したような表情を浮かべていた。

この状況でよくもまぁ希望が持てるものだ。単純に馬鹿なのだろうか。

「お前も一撃食らっとけ」

「ぶごっ！」

俺はピーターの顔面を容赦なく蹴り飛ばした。

王族だから手を出さないとでも、思っていたのだろう。警戒すらしていなかったため、見事にピーターは吹き飛び、壁に衝突して埃が舞う。

この飛ばされ方から見て、バーバル同様に当分は気絶したままだろう。

正直、このぐらいの痛みでは、ロイたちが受けた痛みにはほど遠い。

しかし俺は完全に部外者だ。俺がこれ以上介入する必要はない。これから判決を下す者は父であり、裁判官であり、そして当事者のリドリック家である。

「大丈夫か？　ロイ」

「あ、あぁ。だいじょ……うっ」

大丈夫と言いつつ、ロイは表情を苦悶（くもん）に染める。もろに一撃食らっていたようだ。口の端から血を流しているのを見るに、内臓をやられているだろう。

「無理するなよ。ちょっと頭貸してくれ」

言われた通り、ロイは頭を俺の方へと向ける。俺はロイの頭に手をかざして治癒魔術を行使した。

「治癒の加護のもとに。創作魔術【完全再生（エグゾ・セレス）】」

手のひらを伝って、治癒の魔力がロイへと流れていく。

その魔力はロイを温めるように、包み込むように癒していった。

「もう痛いところはないか？　傷は全部治したが、体力は回復しないからな。まだ無理はすんなよ」

「す、凄い……！」

外見から分かる傷は最初からなかったかのように完治した。内側の骨や内臓などの傷も無事に治せたはずだ。

見たところ、ロイの両親は怪我を負っていない。俺の役目はもう全て終えただろう。これで面倒だった、第二王子という役を演じなくても済む。

何度も思うが、こう、何というか傲慢な態度をとるのは俺の性に合わない。

「じゃあ後は任せた。ちなみに全部ロイがやったことにしておいてくれ。騒ぎになったら面倒だし」

「は、はあぁぁ!? 待ってくれ……いや、待ってください！　急にそんなこと言われても――」

「また明日、学校でな」

ロイには悪いが、俺は彼が言い終える前に転移魔術を使って、ローズマリア家の屋敷から消え去る。

この一件は確実に貴族社会に知れ渡ることとなるだろう。ひょっとしたら平民まで噂が広まるかもしれない。

そのせいで第二王子が俺だということが世間にバレてしまえば、今後行動しづらくなるだろう。それに事情聴取などで時間を食われるのも御免だ。

さらに、俺には早く帰らなければいけない理由がある。それは――

「た、ただいま戻りました～」

「弁明はあるか?」

教室に戻ると、鬼の形相をしたルーグ先生が入口で待ち構えていた。

そう、俺は午後からの五限目を抜け出して、ローズマリア家に転移したのだ。

理由は適当にトイレと言っておいたが、予想よりも長引いてしまった。

「いやぁ、トイレが長引いちゃって……」

「委員長が俺の授業をサボるなんていい度胸(どきょう)だな?　それもまだ入学して一週間だ」

「す、凄い大物でして……」

「イオンにトイレに確認に行かせたが、いなかったそうだぞ？」

「うっ……」

イオンとは同じEクラスの生徒である。イオンの方に目をやると、彼は顔の正面で両手を合わせて謝るようなポーズをしていた。

庇（かば）ってくれようとしたが、ルーグ先生の前では嘘がつけなかった、そんなところか。

俺も同じ状況で友達を庇える自信がないので、気持ちは大いに分かる。

「さぁ、六限目は実技訓練だ。特別に俺がみっちり指導してやる。ありがたく思えよ？」

「………」

うん、終わったわ、これ。

その後のことは言うまでもない。

他の生徒たちは軽い実技訓練に、多少汗を流す程度。しかし俺は休憩なしのうえに、ルーグ先生が付きっきりでの訓練。今までぐうたら生きてきた俺は、この日初めて地獄を味わったのだった。

ニートが嵐のように過ぎ去ると、ローズマリア家の一室に静けさが戻る。
吹き飛ばされたピーターとバーバルは未だに動く気配すら見せない。死んではいないかと心配に

なるほどだ。すると突然、エルリアがふらっとソルトに寄り掛かる。

「ごめんなさい、あなた。少し疲れちゃったみたいで……」

「いいさ、あとは私とロイが何とかしておくからエルリアは休んでいてくれ」

ソルトがそう言うと、エルリアは安心したように瞼を閉じた。そしてすぐに意識を失う。辛うじて繋がっていた緊張の糸が切れたのだろう。

ソルトは妻を抱きかかえ、近くにあったソファに寝かせた。

「ロイ。何故あのような無茶をしたのだ。お前に何かあれば私たちは……！」

「ごめんなさい、父上。どうしても我慢出来なくて」

「傷はもう大丈夫なのか？」

「はい、もうどこも痛くなくて。全部治ってるみたいです」

「それは凄いな。最高位の治癒魔術でも、内臓などの損傷の治癒は至難（しなん）の業（わざ）だというのに」

ソルトはただただニートの魔術のレベルの高さに感心する。

本来ならあのような学生が、とても驚くことなのだろう。だが、それ以上に今の彼の脳内は、他の疑問で埋め尽くされており、驚く気力は残っていなかった。

「それにしてもお前、あのニート様と知り合いだったのか？」

「六日前に級友を屋敷に招待した日がありましたよね？」

「あ、あぁ？　確か平民のクラスメイトに温泉と夕食をもてなしたそうだな」

「それがニート様とそのご友人です」

「そうか、ならその平民の男子生徒がニート様……は？　平民？」

ソルトは言葉を失った。彼もロイから、自分たちがいない間に友人が来ていたことは聞いていた。

自分の息子が身分に関係なく、級友と接していることが誇らしかったのを覚えている。

けれどその相手が王族であるのなら話は別だ。

「ニート君、いや、ニート様は何故か平民と名乗っているんですよ。おそらく学院の情報にも平民と登録されているでしょう」

「だからロイも驚いていたのか」

「はい、まさかニート様が第二王子殿下だったなんて」

平民だと思っていたクラスメイトが、実は自分の国の第二王子だった。

今もなお信じがたい話だ。しかし、ニートが貴族社会に詳しかったことや、独特なオーラを放っていたことも、それなら説明がつく。

「穀潰しの第二王子か。本当は平民として生きていたということか？」

「いえ、それはないと思います」

「というと？」

「ニート様はあまりにも常識がないんですよ」

ロイは自信ありげに答えた。話が見えずソルトは眉をひそめる。

「ニート様は己の実力を、それも信じられないほど過小評価しているんですよ」

「さ、流石に冗談だろう？　あの巨体の護衛を一撃で倒したんだ。素人目から見てもあれは異常だったぞ？　最後の急に姿を消した魔術？　もそうだ」

「それでもですよ。あの完全な治癒魔術だって傷薬程度にしか思っていないはずです」

この一週間でニートの異常なまでの無自覚さはロイも理解していた。

そして、それを指摘したとしても理解しないということも。

「そうか、引きこもっていたことで一般常識に弊害が出ているのか……それでもかなり重症だな」

ソルトは理解しがたい事実に苦笑を浮かべてしまう。ロイも父につられて頬を緩めていた。先ほどまで一家の命運がかかっていたとは思えないほどの和やかさである。

それもこれも全てニートが駆けつけてくれたから。

だが感謝するにはまだ早かった。なにせ残していった爆弾がかなり大きいためだ。

「なら、今日のことは口外しない方が良いだろう。ニート様なりに考えがあるようだ」

「はい。でもこの護衛を私が倒したことにするのは……」

ロイは今も倒れ込んだままのバーバルに視線を移しながら口ごもる。ロイもバーバルに勝つ気でいたが、現段階では絶対に敵わないのも事実だ。

ロイがバーバルを倒したということにするには明らかに無理があった。そうなればロイが疑われるのはほぼ確実で、リドリック家に迷惑をかける可能性もある。

そんな思い悩んでいるロイを気遣って、ソルトは安心させるよう肩に手を置いた。

「今はニート様を信じて、お前が倒したということにしよう。それに、ロイは私の自慢の息子だ。気負わなくても、お前ならすぐにそのステージに立てるさ」

「そうですね、これからもより精進しようと思います！」

父親の励ましにロイは高らかに声を上げる。

「まぁ何にせよ、ニート様には感謝しなければならないな」

「ええ、いずれニート様のために私も……」

ロイは今まで自分の家のために強くなろうと誓い、己を磨き上げてきた。今日からその必要もなくなる。しかし、この時のロイには既に、確かな信念にもなりえるようなものが芽生えていた。

自分を、自分の家族を救ってくれたニートの力になるという信念が。

やがてその信念がさらなる彼の強さになっていく。

ローズマリア家の身分が剥奪されたのは、それから二日後のことだった。

ロイが学院を休んで三日が経った。
ロイやソルトが例の事件のことを国王に報告すると、王族は迅速に行動してくれた。
もともとバーバルは指名手配を出されているにもかかわらず、ローズマリア家が秘密裏に匿っていたことなど、色々余罪が出たのもあるだろう。
誰がバーバルを倒したのか、どうやって証拠を集めたかなど、王族側も疑問に思っていることだろうが、まずは何も聞かずに動いてくれた。

ただ一人。ロイが気にかかる者がいたとすれば、それは……

『くっ……ふっふっふ……！』

報告の時に、玉座の間で笑いを堪えていた第一王子（アレク）だ。善悪、どちらとも捉えられるその笑みに少し寒気がしたのを覚えている。

まぁ何にせよ、ローズマリア家の犯罪性は認められた。

国王が下したローズマリア家の処分は容赦のないものだった。

貴族位の剥奪（はくだつ）により、平民へと降格。二百年間の身分固定。

リドリック家から徴収した二倍の金額を返還（へんかん）。

ピーター・ローズマリア個人を十年間の禁固刑に。この事件に関わった者たち全てに三年間の観察処分。

そして被害者側であるリドリック家だが、伯爵への昇格が認められた。

リドリック家は経済面や社会面においても中流貴族相当の力がある。

それに今回のような平民貴族への迫害が二度と起きないようにするための措置でもあるようだ。

流石に中流貴族ともなれば、手出し出来る貴族も限られてくる。しかも上流貴族の中でも最も権力を持つ、エルドワード家がリドリック家に目をかけてくれるとのことだ。

もちろん、この事件には第二王子（ニート）は一切関わっていないことになっている。

バーバルや護衛たちを倒したのはロイ。証拠などを集めて提出したのは当主であるソルト。

搾取されていたリドリック家が、憎きローズマリア家に反撃して上手く成り上がる、そんなスカっとするような物語として公（おおやけ）に広まった。

　事件から四日目の朝。リドリック家も少しは落ち着きを取り戻したので、ロイ——私は普段通り学院へ登校していた。昨日まで事情聴取やら事件後の整理などで、通学する余裕がなかったのだ。

「久しぶりの学院だな……」

　私は教室の扉の前で少し感慨にふける。まだ学院には六日しか通っていないというのに、四日も休めば懐かしさを感じる。不思議なものだ。

　そんな私に向かって背後から声がかかった。

「お、ロイ。久しぶりだな。元気そうで良かったよ」

　振り返ると、そこには眠そうにあくびをしているニート君……いや、ニート様が立っていた。

「あ、ニート様……」

　今更ではあるが、このお方は王族なのだ。平民なら一生に一度や二度お目にかかれたら運がいい。貴族でさえもそう簡単には会うことは出来ない。話すことなどもってのほかだ。

　そのため、わざわざ王族を見るために、国立魔術学院に入学する生徒もいるらしい。

「ごめんな、あの時、色々押し付けちゃって」

「いいや、謝るなんてもってのほか。感謝しなければならないのは私の方ですよ」

バツの悪そうなニート様に対して、私はすぐさま頭を下げた。

ニート様には感謝してもしきれない。

ローズマリア家のことを考えずに日常を送れる日が来るなんて、想像すらしていなかった。

「ってか何だ、その喋り方？」

ニート様は怪訝そうに聞いてくる。まさか何か不敬なことをしてしまったのだろうか。

「な、何かマズかったでしょうか？」

「いや、敬語だし、様付けするし」

「だってニート様は王族で……」

そこまで言って私は口を噤む。

ニート様は私の予想では王族扱いをされるのが嫌い……というより苦手なのだろう。

それに中流貴族になった私が、平民設定の『ニート君』に様付けなどしていたら不審がられるのは必定だ。ならば私がすべき行動は敬語をやめ、今まで通りに接すること。

しかし、私にも譲れないものが出来てしまっていた。

「少し別の場所に移動しませんか？　まだ一限目までには時間がありますし」

「あ、あぁ……」

流石に教室の前では話せないことも多い。それに立ち話もなんだ。

少し表情が曇ったニート様を連れて、私は人気(ひとけ)の少ない中庭に移動した。

私たちは中庭のベンチに並んで座る。中庭は昼休みなどに使われることは多いが、朝はそうでもない。たまに人が通る程度で、話を聞かれる心配はないだろう。

「別に俺は何もしてないさ。王族の権威だってたまたま授かったものだ。俺自身の力じゃない」

隣に座るニート様は謙遜するように言った。いや、彼に限っては謙遜ではなく本心なのだろう。

多少の実力者の謙遜であれば、鼻につくこともある。

しかしニート様に関しては『多少』を凌駕していた。化け物すぎて、無自覚だろうと嫌な気がしないのだ。

むしろ、そこに生まれる感情は尊敬と畏怖。彼が自分の憧憬になりうる感情だけ。

「ニート様。私には夢があります」

「お、おぉ……」

急に畏まって語り始めた私に、ニート様は少し気圧される。

だが、茶化すことなく真剣に聞き入ってくれた。

「私の夢は――『王の聖剣』になることです」

王の聖剣。

それは文字通り、王が握る聖剣のことを指す。

と言っても、それは比喩であり、実際は王の右腕となる存在に対して使う言葉だ。

どんな魔術師よりも英明であり、どんな戦士よりも屈強でなければならない。

そして、誰よりも王から信頼されていなければならない。

「へぇ、いい夢じゃん。ロイなら絶対になれるよ」

ニート様は私の夢を正面から受け入れて、肯定してくれる。

「そっか、将来はロイが父上を守ってくれるのか。なら安心だな」

「いいえ、私の中の王は現国王のグレイ様ではありません。私が仕えたい王はニート様です」

「は？」

これに関しては想定外だったようで、ニート様は目を見開く。

その後、少しの間考え込んだ末に、ゆっくりと喋り始めた。

「……俺はただの引きこもりで、ロイが思ってるより何倍もだらしない人間だ」

「もちろん分かっています。ニート様が国王に向いていないことなんて」

「俺は部屋から出たくないし、しんどいこともしたくない。人間性だって終わってる」

「そんなことありません。多少のだらしなさは認めますが、ニート様は私を救ってくれました」

「………………」

今思えば、外で異様に早歩きだったのも、屋内を好んでいたのも納得出来る。

それならそうと言ってくれたら良かったのだが、自分の弱い面を晒したくないという彼の気持ちも理解出来た。

「私にとっての王は貴方だ。私を救ってくれたニート様以外考えられない」

「でも俺は王なんかには――」

「たとえニート様が王にならなくとも、このまま平民でいようとも私は構いません」

「……え？」

反対されるのは最初から分かっていた。王族なのにわざわざ平民でいようとする変わったお方だ。面倒なことには関わりたくないだろう。

なら私がするべきことは一つ。彼が火をつけたこの想いを、直接ぶつけるのみだ。

「ただ、私はニート様の後ろを追うのではなく、貴方の隣に立ちたい！」

「――っ！」

私は熱意をこめた双眸でニート様の瞳を貫く。

そんな私の気持ちを受け、ニート様は眉間にしわを寄せ、唸ったり、頭を抱えたりと返答に葛藤していた。

そして気持ちが定まったのか、恐る恐る口を開く。

「……ロイ、俺にも夢があるんだ」

今度はニート様が自分の夢を語り始めた。

彼の視線はどこか遠い先を見ているように感じる。

「俺の夢は『穀潰士』になることなんだ」

「穀潰し？」

「屋外に出たくないし、辛いことはしたくない。ダラダラ楽しいことだけをして生きていきたい」

ニート様からそんな言葉が出てくるのは少し意外だった。

外に出たくないのは分かる。でも、ダラダラ楽しいことだけをしていたい？　ローズマリア家のような面倒事にも平気で首を突っ込むような人間が、そんなことを思うだろうか。

「けど、それは二の次だ」

「え？」

「俺は家族を……国民を、この国を守りたい」

「っ！」

一言一句はっきりと告げられたニート様の言葉に、私は息をのむ。

王族が口にした言葉だからだろうか。その圧力というか、覇気というか、彼から発せられたものは途轍もなかった。

「それが俺の夢だ。生憎俺は兄さんみたいに賢くないし、妹みたいに品があるわけでもないしな」

アハハ、とニート様は苦笑を漏らしながら言った。それでもその瞳の奥深くに宿る意思は、炎々と燃え盛っている。

そうか、やっと全てが腑に落ちた。

引きこもりなのに、何故こうして学院に通い、面倒事に首を突っ込むのか。

ニート様は家族を守りたいのだ。引きこもりはそれのついでと言ってもいい。そして王族の彼にとって、国民は家族というくくりになる。

彼に宿るその信念が、引きこもりのはずの自分自身を動かす原動力になっているのだろう。

「そんな俺でもいいのか？　現実を見てない大それた夢を抱く子供だぞ？」

「ええ、お供しますよ。ニート様の夢ならどこまでも。この命は貴方に拾われたものなんです

から」

少し気障かもしれないが、こうでも言わないと私の感情が収まらない。

ニート様から語られた夢は、彼の言う通り大それたものだ。この国の国民全員を救いたいと言っているようなものなのだから。

でもこの人なら本当に成し遂げてしまうのではないか、そう思う自分もいる。

それに、たとえ夢が大それているとしても、それを手伝うのが私の役目だ。

ニート様は頬をかきながら照れくさそうに言う。

「あっはっは、今更だけど、なんか男二人で熱く語っちゃってるの恥ずかしいな」

「ははっ。そうですね。私もかなり恥ずかしいこと言っちゃってましたし」

「それと敬語やめろよ？　不審がられる。それに俺の隣を歩きたいのなら、俺らはライバルってことだろ？　これからも対等な関係でいようぜ」

「……あぁ、そうだね。なら、そうさせてもらうよ」

まぁ今は俺の方が弱いけど、と付け加えて『ニート』は笑う。

それからすぐに、一限目の開始五分前を告げるチャイムが鳴った。

「うわっ、やばい……もうこんな時間だ！　行くぞ、ロイ！」

ニートはかなり慌ててベンチから立ち上がり、急いで来た道を戻っていく。

私はそんな彼の背中を急いで追った。

そして私は、今日も彼の隣を歩く――

四章　下準備

ニート――俺が魔術学院に入学して三か月が経とうとしていた。一学期が終わるまでもう二週間ほどしかない。

最近は月日が流れるのがとても早く感じる。部屋に引きこもっていた頃は、食事の時間が待ち遠しかったり、時計が進むのを眺めていたりしていた。

けれど今はそんな暇はない。気づけばもう一日が終わっている。

当然、穀潰士としては引きこもる方が好きだが、こうして友達と学院生活を送るのも案外悪くない。

それに、外への耐性も少しずつついてきていた。今では日焼け止めさえすれば余裕で外に立っていられるほどだ。今日もいつも通り早めに登校し、一限目の十分前ぐらいに自分の座席に腰を下ろした。

ちなみに、ここで少し良い報告がある。

なんと、今は使用されていない準備室の鍵をルーグ先生からもらったのだ。そう、誰も使用していないということは、転移場所に適しているということ。色々とルーグ先生の雑用や下働きをした甲斐があったというものだ。

そんな準備室を俺が何の目的で利用するのか、ルーグ先生はそこまで詮索してこなかった。

何かしら勘づいているのか。それとも全く興味がないのか。

まぁ何にせよ、これでわざわざ毎日トイレを経由して登下校しなくても済む。

「おはよう、ニート」

「ロイか。おはようさん。今日はかなり遅いんだな」

「昨日、夜遅くまで訓練をしていてね。少し起きるのが遅くなってしまったんだ」

微笑むロイは、ほんの少し目の下に黒いくまを作っていた。

ロイが俺の前で王の聖剣（グラディウス）になりたいと語ってから、彼の成長は目覚ましいものだった。

その成果は外見にも表れており、体格の良かった肉体はさらに洗練され、顔つきも凛々（りり）しくなったように見える。

魔剣士として魔術の鍛錬も怠（おこた）っていないようで、さらに戦闘スタイルに磨（みが）きがかかっていた。

その分、かなり体と精神を酷使（こくし）しているようなので過労が心配ではあるが。

「あんまり無理はするなよ」

「今週はゆっくり家で休もうと思っているよ。あ、そうだ。また温泉に入りに来ないかい？」

「え、いいのか？」

「最近来ていなかったからね。それに両親が毎日のように、ニートをうちに呼べと言ってくるんだ」

あの事件以来、何度かロイの家に招待してもらったが、彼の両親にはとても優しくしてもらっている。

優しくと言っても、貴族が王族に接する時のような偽り(いつわ)の優しさではないのだ。本心から暖かく迎え入れてくれる。だから俺も、ロイの家に行くのは毎度かなり楽しみなのである。

そんな俺たちの会話に、隣で聞いていたステラも参加してきた。

「むぅー、ニート君とロイ君って本当に仲がいいよね」

「そうか？　まぁロイが一番仲がいい男友達だしな」

「うん、私も誰とも話すけど、一番話すのはニートだね」

ロイは俺の剣になるなどと、目の前で言ってくれたのだ。そりゃあ、他の人よりも親密になるのは仕方がないというもの。

「それがどうしたんだ？」

「別にぃ。僕にも構ってほしいなんて、一ミリも思ってないから」

ステラは不機嫌そうに口にする。毎日こうして隣同士の席で授業を受けているし、学院に来てステラと話さなかった日はないぃ。なのにこれ以上、どう絡めというのだろうか。

「お前ら、さっさと席に着け」

一限目のチャイムが鳴るのと同時に、ルーグ先生の気だるげな声が聞こえる。

まばらに立っていた生徒たちもすぐに席に座った。

「あと二週間で一学期が終わる。そして夏休み。その最終日に、魔術学院の一年の中でも最も大きな行事が行われる。お前らも一度は聞いたことがあるだろう」

ルーグ先生は口角を限界まで吊り上げて告げる。

「クラス対抗戦だ」

「「「えええぇぇぇ〜」」」

その途端、生徒たちは嫌そうに声を揃えた。

「え〜じゃない。上のクラスの奴らを引きずりおろす絶好のチャンスだぞ？」

生徒たちがクラス対抗戦と聞いて、面倒くさがる理由。それには夏休みに学校に登校しなければならない、というのもある。しかし、一番の理由は自分たちがEクラスであるためだ。

クラス対抗戦ということは、AからEの五つのクラス全てが戦うことになる。となると、必然的に落ちこぼれのEクラスが惨敗するのだ。それが毎年の恒例だと、新入生の俺たちも耳にしたことがあるほどだった。

「まぁこのままだったらAクラスには勝てないだろうな」

ルーグ先生の物言いに、誰もが当たり前とでも言いたげな表情で応える。

最優秀クラスと落ちこぼれクラス。何をどうしようと、その差は絶対的なものだ。

「よって特別補習を行うことにした」

「「「……ん？」」」

一瞬にして生徒たちの表情が曇った。そんな俺たちを放って、ルーグ先生は話を続ける。

「明後日から一週間、連休があったな？」

毎年あるもので、休日や祝日が重なり一週間もの連休になる。

このちょっとした長期休みで、人々は実家に帰省したり、趣味に没頭したりなどして英気を養う。

ちなみに、今まで引きこもっていた俺には関係のないものだった。

しかし今年は違う。

先ほどロイと話した温泉もそうだが、久しぶりにぐうたら生活を満喫しようと色々な計画を立てていたのだ。そう、穀潰士として最高の休日を……

「ってことで、その連休に野外研修に行くぞ」

「「「はあああああぁぁぁぁぁぁぁぁぁ!?」」」

ルーグ先生の理不尽な決定に、生徒たちは不平不満をぶちまける。

「理不尽だ！　教育委員会に訴えるぞ、この鬼教師！」

「先生なんて大っ嫌い！」

「だから三十になっても独身なんだヨ」

「おい、最後のは関係ないだろ！」

流石に最後の言葉は聞き捨てならなかったようで、ルーグ先生は声を荒らげた。普段から厳しいため、彼も文句は言われ慣れている。しかし独身をネタにされると意外と傷つくらしい。

「まぁまぁ落ち着けって。行き先はルーベルクなんだぞ？」

「「「え？」」」

生徒たちは一瞬で静かになった。先ほどの不平不満の嵐が嘘だったかのようだ。

「ルーベルクで研修ってまさか……」

一人の生徒が、前振りのような言葉を漏らす。

ルーグ先生はにんまりと笑った。

「あぁ、国立魔術研究所に連れて行ってやる」

「「「やったあああぁぁぁぁぁ！」」」

生徒たちは今度は悲鳴ではなく、歓喜の雄たけびを上げる。

「ルーグ先生最高！」

「やっぱり先生大好き！」

「三十からでも頑張れば可能性はあるゾ」

華麗なる手のひら返しに、ルーグ先生も満足げに頷く。

「そうだろう？　って、最後のは慰めになってねぇよ！」

なんだかんだで、ルーグ先生や生徒たちは一致団結して盛り上がっていた。

ただ、俺はいまいちこの状況がピンと来ていなかった。

「なぁステラ、ルーベルクってどこ？」

「えぇ⁉　ニート君、ルーベルクを知らないの⁉」

想定外だったのか、ステラは素っ頓狂な声を上げた。

俺は引きこもっていたため地理に疎い。どうやらルーベルクは誰でも知っているほど有名な場所のようだ。

それを聞いていたルーグ先生は、

「じゃあ知らない委員長のために今から俺が説明するぞ」

と言って、ルーベルクについて詳しく話し始めた。

現在、自分たちがいる場所がアストリア国の王都『アスラ』。

そこから北上して馬車に揺られること二日。そんな辺境にある都市が『ルーベルク』だ。

さらに北上してヴァアル高原を越えるとギルガルド山脈に到着し、イスカル国との国境に辿り着く。

ルーベルクはなんとアスラよりも発展している都市で、住民の半数が研究者か魔術師である。別名『発明都市』なんて呼ばれるほどだ。

アストリア国が発明の国と呼ばれるのも、ルーベルクの貢献によるものが大きい。

「ルーベルクと言えば国立魔術研究所だ」

そんな都市の中心部に構えるのが国立魔術研究所。アストリア国の魔術知識の全てが集約されており、現代では忘れ去られた太古の魔術を研究したり、新たに魔術を生み出したりしているらしい。

魔術師を志す者なら一度は訪れてみたいと思う施設だ。

「ただまぁ、入るためには条件が厳しくてな」

当然、そんな重要な施設に誰もが自由に入れるわけがない。国が定めた条件はこうだ。

伯爵以上、いわゆる中流貴族以上の身分であること。または国立魔術学院で教職に就いていることだ。

ルーグ先生の場合、その条件を両方満たしている。

ただし、生徒はどうか。満たしているのはローズマリア家の一件で伯爵に昇格したロイだけだろう。俺も王族であるため入れるが、この生徒の身分では平民であるため許可は下りないはずだ。

「そこをなんと、今回Eクラス全員が入れるようにしてもらった」

「「「おおおおぉぉぉぉ！」」」

「重要機密は見れないだろうが、仕事の見学や体験、施設内にある図書館には入れるだろう」

ルーグ先生曰く、学院側が設けたインターンシップの一環だそうだ。

人生で絶対に入ることが出来ない場所に行けるなど、興奮しないはずがない。ステラを含め、クラスの生徒全員が浮かれていた。

「………………」

しかし例外も一人だけいた。

「どうかしたかロイ？　浮かない顔してるけど」

「いや、別に気にかけるようなことでもないんだけど、少し引っかかったことがあってね」

「引っかかったこと？」

「どうして国立魔術研究所は、わざわざEクラスを受け入れてくれたんだろうか。普通ならAクラスを招待するだろう？」

「言われてみればそうだな」

俺たちEクラスは学院の生徒の中でも、問題児や訳ありの生徒が集められたクラスだ。かなり評判は悪く、国立魔術研究所にはふさわしくないように思える。

「でも考えすぎじゃないのか？　ルーグ先生のことだし嘘は言ってないだろ」

「……それもそうだね」

気にしすぎ、ということでこの話題は終わった。

それから俺たちはいつも通りルーグ先生の厳しい授業を受けた。


日付けは変わり翌日。Eクラスの生徒たちは、馬車に乗るために校門前に集まっていた。

「よーし、これで全員揃ったな」

ルーグ先生は生徒たちを一人一人数え、全員が揃ったことを確認する。

一週間もの連休であるため、普段なら校門前は学院の生徒たちで騒がしいのだが、今日は生徒たちの姿はあまり見当たらない。

「ルーグ先生、ちょっといいですか？」

「何だ委員長？　またルーベルクのことについて説明してほしいのか？」

「いえ、ここから馬車にどれぐらい揺られることになるか気になって」

「だいたい二日ぐらいかかるな」

「ば、馬車でもですか？」

「昨日説明したろ？　それが一番速い方法なんだよ」

この王都アスラがアストリアの中心部に位置するのに対して、ルーベルクは最北に位置する。

どれだけ急ごうが二日はかかるらしい。

「じゃあ今から馬車を呼んでくるからお前らは少し待ってろ」

そう言い残して、ルーグ先生は学院の中へと入っていく。

ここからルーベルクまで馬車を借りるとなると、請求額は高額となる。そのため、馬車は国立魔術学院が所有しているものを使うようだ。

「不服そうだね、ニート君」

「だって二日は長くないか？」

ステラは不満を表明して唸っている俺を心配して声をかけてくれる。

「まぁちょっとしんどいよね～。腰が痛くなりそうだよ」

彼女も俺に同情してくれるように言った。

休憩は何回か挟むだろうが、それでも二日間も馬車に揺られるのは想像するだけで苦だった。

本当なら転移魔術で全員連れて行きたいところなのだが、人前では転移魔術は使わないとアレクと約束している。

「なぁステラ」

「どうしたの？」

「もし、三時間でルーベルクまで行く方法があるとしたらどうする？」

「もちろん出来るならその方がいいけど……」

そんなこと不可能だよ、とでも言いたげな視線を送ってくるステラ。

けれど俺には一つだけ面白い考えがあった。

「お前ら、馬車を用意したからさっさと乗れー」

ルーグ先生が校門前まで馬車を連れて戻ってくる。その前では二頭の美しい馬が紐で繋がれており、後ろには十人以上入れそうな大きな荷台があった。

「ルーグ先生、ちょっといいですか？」

「ん？　何だ？」

「ちょっと馬車を改造していいですか？」

「は？」

ルーグ先生は虚を衝かれて固まってしまった。だが、拒否はされなかったので、俺は早速馬車の改造へと取り掛かる。何より自分の創作意欲が抑えられそうになかった。

まず、荷台と馬を結んでいる紐をほどいた。今回の作戦に馬は必要ない。

「まず、重力軽減の魔術を付与して……あ、衝撃に備えられるように空気の膜を作らないと」

「「「ん？」」」

「次に発射する時に爆発させるための火魔術を用意して」

「「「え？」」」

「あとは飛ぶ時用の風魔術を組み立てれば……よし、完成」

数分かけて俺は、荷台を自分のイメージに合ったものへと改造した。普段から魔術や魔道具創作をしていたおかげで、かなり順調に改造することが出来た。

「「「………………」」」

ルーグ先生を含め、Eクラスの面々は黙って様子を窺っていた。何か口にするのも憚られるといったところか。そのため、ルーグ先生が代表して口を開いた。

「一応聞くが委員長。これは何だ？」

「空飛ぶ馬車です。あ、馬がいないから車って言えばいいんですかね？」

俺はルーグ先生の問いにあっさりと答えた。

ちなみにこの考えは俺のものではない。アレクに借りた本にあった『ひこうき』というものを真似して創ってみた。時間がなかったので見た目までは手をかけられなかったが、十分の出来だろう。

すると少し遅れてから、生徒たちはまるで打ち合わせをしていたかのようにぴったりと、

「「「えええええええぇぇぇぇぇぇ!?」」」

絶叫とも捉えられるぐらいの叫び声を校門前に響かせた。

中には仰天(ぎょうてん)して卒倒しかけている者さえいた。

「とりあえず乗ってみてください」

そう言って、驚いている生徒たちをどうにか荷台に乗せていく。

そんな時だった。聞き馴染みのある鳴き声が耳に届く。

「クゥーン」

「テト!?　どうしてここにいるんだ!?」

足元を見ると、テトが俺の足に体をこすりつけていた。

テトは俺と同じような引きこもり体質であるため、自ら王城を出ようとはしなかった。テトがこ

の場にいることも驚きだが、まさかルーベルクについてこようとするなんて思いもしなかった。

誰かに連れてきてもらった様子もないため、自分の足でここまで来たとしか考えられない。

「何だ委員長。お前の契約獣（けいやくじゅう）か？」

「あ、はい。そんな感じです。すみません、すぐに降ろします」

「ま、まぁ連れてってもいいんじゃないか？」

ルーグ先生は何故か歯切れが悪くなりつつも、テトを荷台に残らせようとする。

するとテトは隙を見計らって俺の腕から抜け出し、ルーグ先生のもとへと飛び込んだ。

「クゥン！」

「お、おぉ……！」

ルーグ先生は手元に来たテトを優しく撫でながら頬を緩めた。三十歳を迎えた男が動物の前でデレデレしている。テトを連れて行っていいという発言も、ただ自分が動物好きだからなのだろう。

流石にデレデレしているルーグ先生は見るに堪（た）えないので、俺は先生を放って出発の準備をする。

「最初だけ調整に手間取るので衝撃が来ると思います。各自備えておいてください」

生徒たちは激しく首を縦に振った。ここまで来てしまえば、もう皆も覚悟を決めるしかない。

「じゃあ、いきます。【発射（ファイア）】」

俺は用意していた魔術を発動させた。

その瞬間、荷台の下から巨大な爆発が生まれ、俺たちを乗せた荷台は大きく打ち上がる。

そこからは俺が風魔術で速さや高度などを調整すればいい。

「「ぎゃあああぁぁぁぁぁぁ！」」

一気に体に何倍もの重力がかかり、押し潰されそうになる。しかしそれも束の間。俺がすぐに荷台内の重力を魔術で調整した。

流石に一度に幾つもの魔術を同時並行で操作するのは、脳に疲労が溜まる気がする。

だが、それ相応の対価は得られたようで、

「うあぁ、本当に俺たち空を飛んでるんですけど」

「世界ってこんなに小さかったんだね」

「っていうか速すぎだロ。景色が流れるように変わっていくゾ」

と、生徒たちは外の景色を見ながら感嘆の声を漏らしていた。

先ほどまでは顔が恐怖や驚愕で染まっていたが、今では子供のように無邪気に喜んでいる者たちばかりだった。

それから当初の予定通り三時間ほど経つと、目的地であるルーベルクに辿り着いた。

「ここがルーベルクか……！」

ルーベルクは一言で言うなら、近未来的な街だった。アスラでは見ないような高層の建物が建ち並び、経済も発展している。アストリアが発明の国と呼ばれるのも納得出来てしまう。

この都市だけ何年も先の未来を進んでいるのではないか、そう感じるほどであった。

「あ、あれ見て！」

一人の女子生徒が空を指さして言った。

そこに視線を向けると、ほうきにまたがって空を飛んでいる一人の魔術師が見えた。このルーベルクで魔術師ということは、国立魔術研究所の職員なのだろう。

空を飛んでいる方法は風魔術の応用だ。俺が前にステラを浮かせたように、自分の周囲の空気を風魔術で制御して空を飛ぶ。

その魔術師は空を舞いながら俺たちのもとへとかなりの速度でやってきた。

着陸すると彼女はほうきから降り、深々と頭を下げる。

「よ、ようこそ！　国立魔術学院の皆さん。私は皆さんの案内係をさせていただきます、シナです」

シナと名乗った女性は急いでここまで来たのか、呼吸が少し乱れていた。

「それにしても予定よりかなり早いですね？　ご到着は二日後の予定ではありませんでした？」

「ま、まぁ、色々あってな」

シナの質問に、ルーグ先生は適当にはぐらしながら答える。

「色々あったのなら仕方ありませんね。ですが、研究所内の見学は二日ほど待っていただくことになります。大丈夫でしょうか？」

「問題ない。早く来てしまったのはこちらの不手際だからな」

国立魔術研究所はこの国の魔術の源と言ってもいい。

そのため警備は厳重であり、決められていた予定を変更することは不可能だそうだ。

「そうですね……では、先ほど見てしまったとは思いますが、生徒の皆さんに私たちが今研究している魔術を見せましょう」

そう言うと、シナはほうきを手に取る。

俺たちのために一つ魔術を見せてくれるらしい。浮遊魔術のことだろう。

「風の加護のもとに……」

それからシナは魔術の詠唱を始めた。詠唱は三十秒ほど続き、全ての魔法陣が完成する。

「上級魔術【浮遊(エオーリン)】」

すると、地面に倒れていたほうきがゆっくりと浮き上がった。

彼女はほうきにまたがり、ほうきとともにある程度の高さまで浮上していく。

「ふふっ、皆さん、どうやって私が空を飛んでいるのか気になるでしょう？」

シナはくるくると空を舞いながら、自信たっぷりに尋ねてくる。

人が空を飛ぶ。確かにこのルーベルク以外では見られないだろう。

本来であれば皆、この光景に感動するのだろうが、

「なんかニートに比べたら普通じゃない？　ほうきに乗ってるし」

「まぁ俺らも飛んできたしな」

「うん、それも爆速でね」

と、生徒たちは特に驚く様子もなく、逆に残念そうにしている者までいた。

シナとしては、こういう凄い魔術を研究しているんですよ、という感じで話題を振りたかったの

だろう。

しかし彼女を待っていたのは驚いて目を輝かせる生徒たちではなく、物足りなそうにしている生徒たちだった。彼ら自身も気づかぬうちに、少しずつ規格外に染まりつつあった。

「え、えぇ……？」

想定外の状況に思わず、唖然としてしまうシナ。

すかさずルーグ先生が彼女に助け舟を出す。

「は、ははっ、気にしないでくれ」

「そ、そうですか。えっと……じゃあ皆さんが宿泊する宿まで案内しますね」

シナはとりあえず話を逸らすように、俺たちを宿へと案内してくれた。

流石は国立魔術研究所と言うべきか、研究所側が事前に用意してくれていた宿はとても高級そうで、学生には場違いだと感じさせるほどだった。

さらには二日も早く訪れたのにもかかわらず、宿側の接客は完璧(かんぺき)だったのだ。あのルーグ先生もこれには驚いていた。

そうこうしているうちに、日も暮れてルーベルクでの一日目は終了した。


翌朝、俺たちはルーベルク内にある広場に集まっていた。

「昨日、案内の方にも言われたが、国立魔術研究所の見学は明日の予定だ。ということで、本日は各自で自由行動とする」

「「「おおおおぉぉぉ！」」」

ルーグ先生の提案に、俺たちは歓喜の声を上げる。

この先生なら「一日余ったので訓練する」なんてことも言い出しかねなかったからだ。

「街の人に迷惑をかけるなよー」

その指示を最後に、俺たちは一旦解散となった。街に買い物に出かける生徒もいれば、宿に戻って昼寝をする生徒もいる。

気づけば残っているのは、俺とステラとロイだけになっていた。

「ニート君！　僕たちも観光しようー！」

「あぁ、もちろん」

引きこもりの俺にとって、この野外研修は初めての旅行だった。部屋で過ごしたいという衝動も少なからずあるが、楽しみという感情の方が勝っていた。

「ロイ君も一緒に回らない？」

「……すまない、今日は少し用事があってね」

ステラが誘うと、ロイは申し訳なさそうにそう答えた。

「そっかー。じゃあ用事が落ち着いたら一緒に回ろうね！」

「その時はお願いするよ」

本当はロイとも一緒に回りたかったのだが、用事があるなら仕方がない。

それに、ルーベルクに来てまだ二日目だ。出発は四日後だから時間には余裕がある。ロイと一緒に観光出来る日もあるだろう。

しかし、去り際のロイの表情が引きつっていたように見えたのは、気のせいだろうか。

その後、俺とステラはルーベルクの色々な場所を見て回った。

武器屋であったり、服屋であったり。他には、昨日のシナのように空を飛んでいる魔術師や、蒸気で動く機械に乗っている者も見かけた。

王都では見られないものばかりが揃っているルーベルクは、どこを見ても新鮮だった。数か月前までは外に出ることすら辛かったというのに、気づけば半日も外を歩き回っていたほどだ。

太陽も沈みかけてきた頃。流石に歩き疲れたので、夕食も兼ねて俺たちはご飯屋に入った。

ステラとテーブルを挟んで正面に向かい合うように座る。

「本当にルーベルクは凄かったね！」

「そうだな」

俺たちはご飯を口にしながら今日の感想を言い合っていた。

「これ、初めて飲むけど美味しいね」

そう言ってステラは、頼んでいた飲み物を一気に飲み干す。しきりに何かの感想を言っているが、彼女はどこか落ち着かない様子だった。

それから三十分ぐらい経っただろうか。

食事も終わり、落ち着いてきたところでステラは不安げに切り出した。

「……ニート君、ちょっと僕の話をしてもいい？」

「もちろん」

恐る恐る尋ねてくるステラに、俺は頷いて応えた。ステラが自分の話をするのは珍しい気がする。

「ニート君には一度話したよね。僕には憧れた人がいるって」

あれは確か入学式の時だった。

俺がステラを男だと勘違いした時に説明してくれたのだ。

「実は僕、その人のことを何も知らないんだ。名前も年齢も顔も」

ステラは幼少期に、その人に危ないところを助けてもらったそうだ。

「覚えているのは朧げな後ろ姿だけ。あと耳が異様に長くてフードで顔を隠していたことぐらい」

彼女の言う通り、それぐらいの特徴では誰か分からないのは仕方がない。この国の人口は約四千万人と言われている。そこから探すのはほぼ不可能に近かった。

「だから魔術師の頂点に立つ賢者になったら、あの人に会えるんじゃないかって思ったの」

三英傑の一柱である賢者になることが出来れば、その知名度は国を超えて世界中に広がる。ステラが見つけられなくとも、相手側から見つけてくれる可能性が生まれる。

「いい目標だと思うよ」

真面目で努力家の彼女なら、賢者になることだって出来るかもしれない。

だが、そんな俺の期待とは裏腹に、彼女は冷たく告げた。

「でも無理なんだ」

「え？」

「僕は平民だから、上級以上の魔術を教えてもらうことは出来ないの」

それは国立魔術研究所が中流貴族以上でなければ入れないのと同じような理由であった。

平民があまりにも強大な力を持てば、王族に反旗を翻す可能性がある。そのため上級魔術以上の習得は禁止こそされていないものの、実際に教えてもらえる場所はなかった。

上級魔術ともなると、会得は難しく、独学で身につくようなものではない。よって、平民は上級魔術を使えないということになる。

そもそも国立魔術学院に平民が入学出来ていることすら珍しいのだ。

「なら俺が……」

そこまで言って、俺は咄嗟に口を噤む。

俺は今、何を口にしようとしていたのだろうか。まさか自分が王族だから上級魔術の仕組みを教えてあげられる、とでも言おうとしたのだろうか。

確かに俺が上級魔術の仕組みを教えたら、ステラは喜ぶかもしれない。だが、それはステラだけだ。制度がある限り、この現状は何も変わらない。それこそ権力を濫用していたローズマリア家と同じだ。

生憎、今の俺に制度を変えられるような力はない。彼女のために出来ることは、これぐらいだ。

「ステラ、ちょっと頭を貸してくれる？」

「あ、うん」

素直に差し出されたステラの頭に、俺は手をかざす。

「補助の加護のもとに。創作魔術【勇気(ブレイブ)】」

すると、小さな淡い光が俺の手から彼女へと伝わる。

効果は、ただ相手に勇気を与えるといった単純なものだ。

「どう？　少しは元気出た？」

「うん、凄い魔術だね。なんかさっきまで落ち込んでたのが嘘みたい！」

「ちなみにこの魔術の仕組みは初級並みだよ」

「え？」

これは俺が三歳ぐらいの頃に覚えた魔術で、子供でも使うことが出来るぐらい簡単だ。効果が「元気が出る」という感覚的なものであるから、子供にも理解しやすいのだろう。

「この魔術は俺が幼い頃に自分で創ったんだ」

「ニート君が創ったの!?」

「今まで言ったことないけど、実は俺、魔術とか魔道具を創るのが趣味なんだ」

「だからニート君、いろんな魔術を知ってたんだね」

「うん、別に上級魔術が使えなくたって、自分で創ればいいんだ。ステラだって賢者になることが出来るんだよ」

彼女の言う通り、平民から賢者になるには険しい道のりが待っている。

でも決して不可能ではない。

上級魔術を教えてもらえないなら、自分でそれを超える魔術を創ればいいだけだ。

「自分で創る……そんな方法、今まで考えたことなかったよ。流石はニート君だね！」

そう言って笑うステラに、悩みを抱えている様子はなかった。

「アハハ！　なんか楽しくなってきたね？」

するとステラは突拍子もなく笑い始めた。

「ねぇステラ。もしかして酔ってない？」

ステラの話を聞いている途中から違和感は覚えていた。今日彼女はどうしてここまで心の内をさらけ出しているのかと。今の彼女を見ていれば、その違和感も確信へと変わる。

「酔ってなんかないよぉ。急にどうしたのぉ？」

ステラが口にしていたものは酒だったのだろう。この国での成人は十五歳。成人したその日から酒を飲んでもいいため、合法ではあるのだが……

「ほら水を飲んで」

「ん、ありがと」

ステラは俺が差し出した水をくぴくぴと飲み始める。彼女の頬は赤く、完全に酔いが回っているのが分かった。もしかしたら、俺が使った【勇気（ブレイブ）】の影響も多少あるかもしれない。

「じゃあ、もう遅くなるし帰るよ」

「もう帰るのぉ？」

ふわふわとしているステラは、どこか不満げである。かと思うと、突然バタリと机に突っ伏せて寝息を立て始めた。

うん、絶対に次からはステラにお酒は飲ませないようにしよう。

自由奔放な彼女を見てこっそり心の中で誓った、そんな時だった。

「なら坊主(ぼうず)、その前に俺と少し話をしないか？」

「え？」

突然後ろから声をかけられ、俺は振り返る。

そこには四十代ぐらいの男性が座っていた。一人でお酒を飲んでいたようで、彼の向かい側は空席である。

「えっと、貴方は？」

「俺はホーキスだ」

ホーキスと名乗る男性は渋(しぶ)めの人だった。冒険者か戦闘職に就いているのか、体には歴戦の傷痕らしきものが多く見受けられる。

「お、俺はニートです」

初対面の人に声をかけられて俺は緊張していた。

しかしそれも一瞬だけ。次に彼が言葉を発した時には、そんな感情は消え失せていた。

「ファン・アヴァドーラはどうした？　第二王子さんよ」

「っ!?」

ホーキスは俺にだけ聞こえる声量で口にした。

目の前で机に伏せているステラも、すやすやと眠っているため聞こえてはいないだろう。

だが、問題はそこではない。どうして初対面の男が俺の素性を知っているかということだ。

「まぁ、ここじゃアレだ。ちょっと面貸せ」

「それは……」

相手が何者であるか分からない状態で、ステラを酒場に置いて行きたくなかった。

すると、そんな俺の思考を読んでいるかのようにホーキスは言う。

「少しだけだ。それに嬢ちゃんには手は出さないから安心しろ」

今はな、と強調するホーキス。ここは彼の指示にしたがっておいた方が得策だろう。

そう判断して俺はホーキスと店の外へと出た。それから人通りの少ない場所へと移動する。

「そ、それで俺に何の用ですか？」

「これを渡そうと思ってな」

ホーキスから手渡されたのは一枚の地図だった。

ここからさらに北上した先にあるヴァアル高原という場所に、バツ印がつけられている。

「貴様には明日、この場所に来てもらう」

「無理ですよ。明日は俺にも用事があるんです」

明日は待ちに待った国立魔術研究所の見学日だ。同じ魔術や魔道具を創る者として、国がどのようなものを創っているのか興味があった。

それを今会ったばかりの人に邪魔されるわけにはいかない。そう思っていたのに――

「貴様に拒否権はない。来なければ国民が皆殺しにされるだけだ」

「は？」

「言ってなかったが、俺はイスカル兵だ」

「イスカル兵!?」

その言葉の意味は流石の俺でも理解出来た。要するに、目の前の男はアストリア国に不法侵入しているスパイということになる。

俺は咄嗟に彼から距離を取った。いつでも逃げられるように、脳内で転移魔術の準備をする。

「別にこの場でどうこうしようってわけじゃない。そんな硬くなるなよ」

「イスカル兵だと名乗っておいて信じられるわけないじゃないですか！」

「あっはっは、まぁそれもそうか！」

ホーキスは豪快に笑う。

「俺が通報しないとお思いで？　何を考えているのか知りませんが、貴方の作戦は全て瓦解(がかい)しますよ？」

「まぁ通報出来るならすればいいさ。だが、その場合は貴様の人生も瓦解するがな」

「どういう意味ですか？」

「少しでも変な動きをしてみろ。お前の周りの奴らを殺してやる」

「っ！」

「可哀そうだなぁ。友達だと思ってた奴が実は王族で、そいつのせいで理不尽に死ぬなんて」

ホーキスは皮肉めいた言葉を並べる。

未だにステラやクラスメイトたちには、俺が王族であるということは明かしていない。それもこれも、友人を王族というしがらみに巻き込みたくなかったため。

ホーキスのやろうとしていることは、俺の理念を無為にするものだった。

「どうしてそんな回りくどいことをするんですか……王族の俺を殺したいなら今この場で殺せばいいでしょう！」

「周囲に人間がいてはお前も本気を出せないだろう。俺は相手が誰であろうと正々堂々と戦う、それまでだ」

脅しておいてどの口が正々堂々なんて言うのだろうか。

仁義(じんぎ)はともかく、ホーキスはアストリアに潜入出来るほどの実力者だ。俺に準備の時間を与えても、勝てる自信があるらしい。

それに、ヴァアル高原は広大であり、イスカル国との国境が近いため、ほとんど人はいない。俺がそこで殺されたとして、発見はかなり遅れるだろう。そういう点でも好都合なのかもしれない。

「明日の朝、ヴァアル高原だ。寝坊するなよ」

そう言い残して、ホーキスは路地裏から姿を消した。

俺もすぐにご飯屋へと戻った。

「ごめん、ちょっと知り合いと話をしてて」

「そうだったんだー、気づいたらニート君がいなくなってたから心配したよ」

ご飯屋に戻ると、寝ていたはずのステラはしっかりと席に座り直していた。少し酔いが落ち着いたのか、見た目はいつもと変わらないように見える。

「ニート君？　何かあった？」

「え？」

「気のせいだったらいいけど、少し怖そうな顔をしてたから」

「い、いや。何でもないよ」

妙に勘が良いステラの言葉を、俺は適当にはぐらかす。

イスカル兵に呼び出された、などと彼女に言えるわけがなかった。それにこれは俺の問題であり、彼女には何の関係もない。巻き込むわけにはいかないのだ。

「もう暗くなってきたし、俺たちも宿に帰ろう」

「そうだね～」

それから俺はふらつくステラを連れて宿へと帰ったのだった。

時は半日ほど前に遡る。

ロイはニートたちと別れた後、とある男によって街の外れにある酒場に呼び出されていた。

「やぁ、ローズマリア家の事件ぶりだね。ロイ・リドリック」

「ご、ご無沙汰しております。アレク様」

「そう畏まらないでくれよ。まぁ座った座った」

アレクはロイに席に座るように促す。ロイは辺りに視線を配りながら、席に腰をかけた。

「それで何故このような場所に私が呼ばれたのでしょうか？」

酒場と言っても、平民では利用出来ないような高級そうな店だった。外装には金銀、宝石が使われ、内装もかなり凝っている。王族御用達なのだろう。酒場と言うにはあまりにも上品な空間である。

「君に興味があってね。二人だけで話がしてみたかったんだよ」

「……それでこの人払いですか」

「気づいていたのかい？　流石はEクラスの異端児だ。その実力は本物みたいだね」

アレクは賞賛するように、ロイに拍手を送って気さくに笑った。

対してロイは、陽気なアレクを不審げな視線で見つめる。

ここまで来る道中から異変を感じていた。あまりにも通行人に出会わないのだ。静かにもほどがある。この酒場に自分以外誰もいなかったことで、その疑念が確信へと変わった。

「じゃあ、早速本題に入ろうか」

「――っ」

ロイはゴクリと唾を呑んで次の言葉を待つ。

人払いまでされているのだ。国の重要機密などだろうか。

しかし、次に発せられた言葉は、ロイの想像を遥かに超えるものだった。

「実は明日、アストリア国で戦争が起きる予定なんだ」

「戦争が……って戦争ぉ!?　それも明日!?」

アレクの規格外の発言にロイは素っ頓狂な声を上げる。

「お、リアクションいいね。そういうの楽しみにしてたんだ」

「じょ、冗談ですよね!?　こんな平和な時代に戦争……？」

「こんな時代だからさ。それに平和は表面上だけだよ」

アレクは視線を窓の外に向けて口にする。

ロイは彼が嘘をついているのかとも一瞬思ったが、嘘をつく理由が見つからない。それにこの張り詰めた空気は間違いなく本物だと感じていた。

「既にイスカル国の軍人たちは、ヴァアル高原の国境付近に集結しつつある」

「山脈を既に越えているんですか？」

「うん、その意味は君にも分かるよね？」

イスカル国が食料不足に困っている理由。それは雪国で不毛な大地ということもあるが、ギルガルド山脈によって、南と東からの物流がほぼ機能しないためだ。

ギルガルド山脈は標高三千メートルもある、絶対的な自然の壁である。本気で越えようとすれば半月は必要となる。

そのため、既にギルガルド山脈をイスカル国の軍人たちが越えているとなると、もう後戻りする気もないということだ。

　戦争が起きるのは確実であった。

「ということは、最初に狙われるのは……」

「そうだよ、ここ『ルーベルク』がまず最初に落とされるだろうね」

　アストリアの北地域を守る砦であるルーベルク。そこを落とせば周辺の領土を奪える。また本国との中継地として使うことが可能になり、王都を攻める準備が出来るようになるだろう。

「それに情報によると、既に二十万もの本軍が海を渡ろうとしているらしい」

「二十万!?」

「このままだと間違いなくアストリア国は滅亡する」

「大変じゃないですか!?　どうにか手を考えないと……！」

「でもニートに活躍してもらえば戦争なんて一瞬で片が付く」

　そんな馬鹿な、そこまで言ってロイは開きかけていた口を閉じた。

　一人の青年が何万人もの軍人を相手するのは、どう考えても不可能である。でも、ニートなら不可能を可能にしてしまうのではないか、そう思わせる力が彼にはあった。

　それと同時に、別の疑問が浮かんでくる。

　開戦の日時を知っているアレク。それに合わせたかのように野外研修に来ているニート。

　どうしてこうも盤面（ばんめん）に駒（こま）が揃っているのだろうか。

「……もしかして全てアレク様の計画なのでしょうか？」

考えすぎと言われて一蹴されるような質問。

けれどロイには何故か、そう思えて仕方なかった。

「さぁ？　どうだろうね」

「っ!!」

不敵な笑みで応えるアレク。

その瞬間、ぞっと不気味な感覚がロイの背中を走った。冷や汗が溢れ出る。

「ちなみにロイはニートから、あいつの夢だったり、目標は聞いたかな？」

「あ、はい。国民を、家族を守りたいと……」

「そこまで言っていたのか。よっぽど君のことを信頼しているようだ」

アレクは兄として嬉しそうに微笑む。

「ニートなら、本当に国の危機になれば己を顧(かえり)みず動く。だから正直心配はしてないんだ」

そのアレクの意見にはロイも同意見だった。

自分が王の聖剣(グラディウス)になると誓った時、ニートも国民を守る穀潰士になりたいと口にした。

あの時の覚悟や信念を目の当たりにしたロイは、アレクと同様にニートなら動くだろう、そんな確信があった。

「そこで君には一つ、僕から使命を与えようと思う」

「し、使命ですか？」

「あぁ、ニートの活躍をすぐそばで録画することだよ。このカメラを使ってね」

『かめら』？」

ロイはアレクから、手に収まるぐらいの黒い塊を受け取る。ロイにとって、今まで見たことも聞いたこともない代物であった。

「これをニートに向けるだけでいい。バレないように遠くからね」

「この魔道具で何が出来るんですか？」

「簡単に言えば時間を切り取ることが出来るんだ」

「時間を⁉」

「そう、後でその光景を見返すことが出来るというわけさ。これでニートの動きをしっかり観察してほしい」

アレクはカメラの説明を終えると、再びロイの瞳に焦点を合わせる。

ロイもこれから大事な話があるのだろうと察し、一度カメラを置いた。

「ロイ、君は僕と同種だ」

「私がですか？」

「あぁ、君は賢い。だから君には僕がその頭を使った戦い方を教えてあげよう。これはその第一歩に過ぎない」

アレクがロイを選んだ理由。それは彼なら自分の考え方を理解出来ると思ったためだ。

アレクの戦い方であれば圧倒的な才能がなくても、圧倒的な実力がなくても、強者と戦える。

「でも私に出来ますかね……？」

「ニートに置いて行かれたままでいいのかい？」

「っ！」

「君なら適任だと思うんだけど、どうかな？」

「…………」

ロイは一度深く考え込む。ここでアレクの手を握れば、間違いなく色々な事件に巻き込まれるだろうと、何となく察していた。

けれど考えたとして、悩む必要は一ミリもなかった。

自分は王の聖剣（グラディウス）になると誓ったのだ。であればそんな事件など上等である。

ロイは拳を握り締め、力強く頷いた。

「――分かりました。私も全力で頑張ります！」

五章　開戦

翌早朝、ヴァアル高原にて。

「全兵士揃いました！」

一人の男が上官に向かって報告する。彼の背後には二万の武装した兵士たちが整列していた。彼らの表情には覚悟が刻まれており、笑みを漏らしている者など一人もいない。

それもそうだろう。これから戦争をするというのだから。

「やっとこの日が来たか。どれだけ待ちわびたことか」

報告を受けた男は重い腰を上げる。

そんな男を見て、報告した兵士――副将は歪な笑みを浮かべた。

「ホーキス将軍がいればアストリア国など眼中にありませんから」

立ち上がった男の名はホーキス・ブルドリテ。イスカル国の最高軍事司令官だ。将軍なんて呼ばれることも多い。

「アストリアの防衛システムはどうなった？」

「全て無効化されているようです。我らが侵略しようとも発動されないでしょう」

「アストリアも哀れな国よ。国民も、まさか自国の第一王子に裏切られるとは思ってもいまい」

今回の戦争において、一番厄介な問題は防衛システムだ。

アストリア国の防衛システム。それは五大国の中で最も優れていると言っても過言ではない。国を守るための多重防御結界。侵略者を撃退するための砲撃術式。その他にも細かいものがいくつもある。アストリア国で犯罪が少ないのも、このシステムがあるからだ。

しかしだ。逆に言えば、アストリア国はこの防衛システムに頼りすぎている。安心しきっていると言っても良い。

もし、その防衛システムが全て機能しなければ？

アストリア国が辿る道は滅亡だけである。

「三英傑はどうだ」

「影の王は王城にいるようです。約束通り、王の護衛をしているのかと」

影の王の現在の任務は王族の護衛。

今回、イスカル国王のバトロンからは王族には手を出すなと命令が下されている。一番の脅威である影の王は、無視して問題ないはずだ。

「賢者と勇者はどうした」

「昨夜、二人ともダンジョンに入ったとのことです。ダンジョンの遠征に向かったとみて間違いありません」

流石にイスカル国も、アレクの情報を鵜呑(うの)みにするわけにはいかない。そこで何人かスパイとしてアストリア国に潜らせていた。そのスパイからの報告がこれだ。

これをもって、イスカルの兵士たちのアレクに対する不信感もほぼ拭われた。

そこから二人は、さらに情報を共有していった。

そんな中、副将とホーキスの間に、一人の青年兵士が割って入る。

「ホーキス将軍！　一つよろしいでしょうか！」

「……何だ貴様」

急に会話を遮られた上に、相手はただの一般兵士。

ホーキスはわざとらしく嫌悪感をあらわにする。

「私たちは国民は殺さず、兵士だけを相手にすると聞いてこの戦に参加しました！」

「それが何か？」

「なのに来てみれば、国民も殺害対象に入ってるではありませんか！」

「何が言いたい」

「敵意のないアストリアの国民を殺したくは——」

ありません。そう、青年の口から次の言葉が発せられることはなかった。

何故なら、もう死んでいるのだから。

「ゴミが。イスカル国の恥さらしめ」

ホーキスは剣にかかった血を地面に払いながら言い捨てる。

繋がっていたはずの青年の首と胴は、別々の場所に転がっていた。一瞬の間にホーキスが青年の首を切り落としたのだ。

幸いと言うべきか、青年は自分が将軍に殺されたと気づく前に死んだだろう。それほど速い一撃だった。

「貴様らぁ！　分かっていると思うが、一般市民は皆殺しにしろ！」

大地が震えるほどの怒号。直接脳に語りかけられたのかと思ってしまうほどの声量。

青年の思いに賛同しようとしていた兵士たちも萎縮してしまう。

「これは戦争だ！　この作戦が失敗すれば、貴様たちの家族が虐殺されると思え！」

「「――っ！」」

その言葉が最後の一押しになった。

兵士たちは目の色を変える。自分の家族が他国の人間に虐殺される。想像するのも酷な話だ。

しかし実際、徹底した制圧が出来なかった場合、そうなる可能性はある。

人の怨念(おんねん)は強い。世代を超えても憎悪の感情は継承される。特に、虐殺から生き残った者は執念深い。

もしイスカル国がアストリア国を滅ぼし、数十年間、植民地支配出来たとしよう。けれど、溜まりに溜まった元アストリア国民の怨念は、どこに向かうだろうか。

当然、イスカル国だ。反乱が起きることは間違いない。

なら、先に殺しておいた方が被害は少ない。ルーベルクの民を根こそぎ殲滅(せんめつ)し、他のアストリア国民を恐怖で縛り上げる。そういうことだ。

戦争には偽善も憐憫(れんびん)も必要ない。必要なのは自国のために捧げる命だけ。

「やるぞ、血祭りの始まりだ」

「「「おおおおおぉぉぉぉぉ！」」」

ホーキスは雄たけびをあげて兵士たちの士気を底上げする。

こうしてアストリア国とイスカル国の、戦争の火蓋が切られた。


その頃、ニートの沈んでいた意識が徐々に覚醒し始める。

「ん、んんっ……」

ニート——俺は、重い瞼をゆっくりと開ける。そこには見知らぬ天井が広がっていた。天井に取り付けられた人工的な明かりが、霞んだ目に染みる。

そうだ、ここは家ではなく、ルーベルクの宿だった。

俺はベッドから重い体を起こす。窓から外を眺めると、ようやく太陽が昇り始めていた。

「……行くか」

今なら他の生徒たちも起きていないだろう。その隙に俺は宿から外へと出た。

ヴァアル高原には三十分ほどで着いた。もちろん徒歩でなく、空を飛んでだが。

「逃げずに来たか。その勇気だけは認めてやる」

ホーキスはヴァアル高原に一人で立って待っていた。周囲に人影はなく、彼の仲間が隠れている可能性も少なそうだ。

空を舞っていた俺は、ホーキスの正面に降りる。

「俺が勝ったら大人しく捕まってもらうぞ」

「あぁ、いいだろう」

ホーキスは敵だ。アストリア国を脅かす存在である。敬意を払う必要はない。

「貴様は転移魔術が使えるらしいな。逃亡阻止のために結界を張らせてもらっている」

試したところ、確かに転移魔術が使えなかった。

俺が王族だと知っていたこともそうだが、どうしてホーキスは俺に関してそこまで詳しいのだろうか。そんな俺の思考を盗み見ていたかのように、ホーキスは口を開く。

「どうしてそんなに俺のことを知ってんだ、って顔だな？　それは依頼主から色々と聞いてんだよ」

「依頼主？」

「ちなみに依頼主のことは言えない約束でな。ただ貴様には同情してやるよ」

そう言ってホーキスは憐れむような視線を送ってきた。

ということは、ホーキスが俺を殺したいわけではなく、彼の上にまた別の存在がいるらしい。

それも、引きこもりの俺にも詳しいという、かなり情報収集に長けた者。だが、今その人物の正体を考えたところで答えが出るわけでもない。

俺は目の前のホーキスに集中する。彼は杖を抜いた。

「さぁ、始めようかぁ！」

魔術師と魔術師の戦いは、短期決戦で終わる場合が多い。何故なら勝敗が単純な力量差で決まるためだ。

剣士と魔術師なら技の相性、戦闘スタイルの工夫などによって戦況は複雑化していく。

だが魔術師同士の場合は己の魔術のぶつけ合いだ。勝者の魔術の方が強かった、ただそれだけである。

「火の加護のもとに」

「雷の加護のもとに」

互いに魔術の詠唱を始める。

そして二人とも詠唱を省略したため、魔術の行使は同時だった。

「創作魔術【煉獄柱(ボルケーノ)】！」

「上級魔術【紫電落雷(エレクトロ)】！」

地面から突き上げる【煉獄柱(ボルケーノ)】と、反対に空から降り注ぐ【紫電落雷(エレクトロ)】。

それらの魔術は相殺(そうさい)し合う。

今回は俺の魔術の方が少しだけ勝っていたらしい。いくつかの【煉獄柱(ボルケーノ)】がホーキスを襲った。

「ちっ、化け物が！」

ホーキスは【煉獄柱(ボルケーノ)】を辛うじて避ける。

相手はイスカル兵といえど一人。さほど緊張する必要はない。授業でやるように戦えばいいだけだ。

「魔術が無理ならこっちはどうだ！」

ホーキスは杖を収め、今度は腰に差していた長剣を抜刀する。

そして目にも留まらぬ速さで俺に向かって突進してきた。

日焼け止めを張っている俺に物理攻撃は効かない。入学式前に路地裏で男と戦った時もそうだった。そのため、警戒する必要は……

パリンッ！

「ちっ、防御結界か！」

「日焼け止めが……⁉」

ホーキスの一回の斬撃によって、日焼け止めが割られる。

今度は俺が後方へと下がった。

次にまたホーキスの斬撃を食らえば、その時は綺麗に真っ二つになっているだろう。

「ふぅ……」

ホーキスは魔術師だと決めつけていたが、この斬撃の威力。もしかすると剣士寄りなのかもしれない。

剣士相手に近づくのは得策ではない。そう考えて俺はさらにホーキスから距離をとる。

剣士との戦いは俺にとって未知の部分が多い。長引かせるだけ俺が不利になる。

「火の加護のもとに」

「させるかよ！」

詠唱を始めると、ホーキスは即座に俺に向かって疾駆する。魔術を使われる前に距離を詰める。

剣士として完璧な判断だろう。

ただ、それは通常の場合だ。詠唱を省略出来る俺には関係ない。

ホーキスが距離を詰めてくるより前に、俺は魔術を放つ。

「創作魔術【地獄炎天（アゾ・イグニアス）】！」

これは俺の現段階で使える魔術の中で一番強力な火の魔術だった。

俺は落ち着いて照準をホーキスに合わせて【地獄炎天（アゾ・イグニアス）】を放つ。

そのまま地獄の業火がホーキスを焼き尽くす、かと思いきや、

「秘儀剣術【刹那一閃（せつないっせん）】！」

ホーキスは上から下へと一閃。【地獄炎天（アゾ・イグニアス）】を真っ二つに断ち切る。破壊された【地獄炎天（アゾ・イグニアス）】は、左右に分かれて別の方向へと飛んでいった。

「なっ⁉　魔術を斬った⁉」

俺は思わぬ展開に声を荒らげる。

まさか魔術を剣で斬られるとは思ってもいなかった。それも俺の最高到達点の魔術を。

（次はどうすれば……？）

俺の最高火力の魔術はホーキスに届かなかった。かといって、俺程度の剣術でホーキスに敵うと

は思えない。

この時、落ち着いていれば戦略や魔道具を使った戦い方も考えられただろう。明らかに実戦経験の少なさからくる迷いだった。

そして、戦場ではそんな一瞬の迷いが勝敗を分ける。

「ぐはっ！」

隙を見計らって、ホーキスは俺の横腹に膝を突き刺した。内臓が持ち上げられたような不快感も束の間、食道を通って胃液が逆流する。

当然、【地獄炎天(アゾ・イグニアス)】も自動的に解除された。

肺が圧迫され呼吸が出来ない。何も喋ることが出来ない。すなわち、詠唱が出来ない。

それは魔術師としての終わりを意味していた。

「終わりだ、風の加護のもとに……」

ホーキスは悶(もだ)え苦しむ俺に向かって言い捨てると、すかさず詠唱を始めた。

形勢逆転。対抗するには防御結界を張るか、同じ威力の魔術を放つ必要がある。

けれど、今の俺は呼吸を整えることで精一杯であり、魔術を使える余裕などなかった。

「上級魔術【烈風八波(シエラスト)】！」

決闘の幕引きとして、ホーキスは八つの烈風波を俺に向かって放ったのだった。

ニートが宿を出発した同時刻。ステラは頭痛によって予定より早く目を覚ました。

「うぅ……頭痛い」

彼女は頭を押さえながらベッドに座り直す。そして今度は頭ではなく、両手で顔を押さえることになる。

「ぼ、僕はなんてことを……」

酔っていたにもかかわらず、昨夜の記憶は鮮明だった。

色々不安をぶちまけた挙句、部屋まで送ってもらう始末。

「んんん～～！」

ステラは枕に顔を押し付けて苦悶する。よりによって自分の情けないところを大事な人に見せてしまった。そんな羞恥心(しゅうちしん)が彼女を襲っていた。

「僕でも賢者になれる……」

ステラは昨夜のニートの言葉を反芻する。

どうにか理由をつけて諦めようとしてきた夢。今まで誰に言っても否定され、夢物語だと笑い捨てられた目標。そんな中、ニートだけは肯定してくれたのだ。

彼女はこれからも、昨夜のことだけは忘れないだろう。

「魔術を創るなんて考えたこともなかったよ」

常人ならそんな発想にすら至らない。当然、ステラの中では未だに不安の方が大きい。

本当に魔術が創れるのか、ニートのような魔術師になれるのか。

けれど、まだ自分には成長する可能性があるのではないかという期待もあった。

「どうやって創るんだろ……」

「クゥン」

そんなステラの思考を遮るように、動物の鳴き声が部屋に響いた。

足元に視線を移すと、そこにはどこから入ってきたのか、テトがいた。

「て、テトちゃん？　あれ、ニート君はいないの？」

「クゥウン！」

テトは何かを伝えようと懸命に鳴いている。

テトに関しては、ルーベルクまでの移動中にニートから色々聞いていた。傷ついていたところをニートが保護したらしい。普段はぐうたらしており、気だるげな性格だそうだ。

そんなテトがここまで慌てているのは、会って二日のステラでも違和感を覚えた。

「え？　ついて来いって？」

「クゥン！」

「ちょ、ちょっと待って！　すぐに着替えるから！」

先導するようにテトは部屋を出ていった。

ステラも急いで身支度を終え、テトの後を追った。

それからステラはどれだけ走っただろうか。

昇り始めていたはずの朝日も、既に全て姿を見せていた。それでも先導するテトは止まる気配を見せない。そんなテトをステラも必死に追う。

テトの様子には、何か気にかかるものをステラも感じていた。

そしてその不安は現実のものとなる。

「――っ！」

初めに感じたのは圧倒的な魔力の圧。

押し潰されそうなほどに濃厚で重圧のある魔力に、ステラは顔を苦渋（くじゅう）に染める。

そして次に彼女の瞳に映ったものは――

「あ、あれは！」

広大な平原で、二つの影が対峙している。

彼女は隠れるよう、咄嗟に身をかがめた。

一人は言うまでもなくニートである。かなり離れた場所からでもそれだけはしっかりと認識出来た。

そんな彼に相対している三十代ぐらいの男。

当然ステラは一度もその男と会ったことはなく、見たこともない。しかし、その男がどこに属しているかはすぐに分かった。

「い、イスカル軍!?」

平民のステラでも他国の兵士の服装には多少の知識があった。

いつ戦争が起こってもおかしくないこの時代、平民にも他国の兵士の身なりは広まっていたのだ。

「何でニート君がイスカル兵と……まさか！」

そこでようやく、ステラの中で引っかかっていたものが腑に落ちる。

昨夜、自分を介抱してくれた時にニートは表情を曇らせていた。ご飯屋で離席していた際に何かあったのだろうとは思っていたが、このことだったらしい。

かなり前から、ニートが何か隠し事をしているのはステラも薄々気づいていた。

異次元の実力に、平民とは思えないほどの常識知らず。裏がないはずがない。けれど、ステラから聞くことはなかった。怖かったためだ。

ニートの本質を知れば、今の心地よい関係が崩れてしまうのではないかと、不安だった。

そしてこの件がそれに関与しているということも、ステラは感じていた。

そうこうしているうちに、ニートとイスカル兵の男は激しい戦闘を繰り広げる。

「創作魔術【地獄炎天（アゾ・イグニアス）】！」

「秘儀剣術【刹那一閃】！」

ニートが全てを焼き尽くすような魔術を放ち、イスカル兵の男がそんな魔術を軽々と斬り裂く。

この場ではステラの常識なんて通用しない。

二人は明らかに人間を凌駕した存在だった。そんな二人の戦闘もすぐに終盤を迎える。

「終わりだ、風の加護のもとに……」

イスカル兵の男が、膝をついたニートに向かって詠唱を始めた。

ニートに反撃出来る余裕はない。

(僕はどうすれば……！)

ステラはニートの危機的状況に頭を抱えた。

自分が助けに行ったところで何の役にも立たないことは明白だ。逆に足手まといになってしまう可能性だってある。

だからといって、このまま傍観しているのが正解なのだろうか。

否、それはニートを見殺しにするのに等しい。

(このままじゃ……)

ステラの両足は鎖で地面に繋がれているかのように重く、腕は恐怖で震えている。

ニートなら、ロイなら、こんな状況でも自身を顧みず助けに行く……そんな確信があった。

だが、今の彼女にはそれほどの勇気はなく、頭の中は恐怖に覆い尽くされていた。

そんな中、ふと一人の少年の言葉が頭に響く。

『言ったろ？　自分の芯は絶対に曲げない、そんな女性に憧れたって』

今も鮮明に思い出せる入学式の記憶。

『ステラだって賢者になることが出来るんだよ』

昨夜、悲観的になっていた彼女を勇気づけてくれたニートとの会話。

そうだ、自分は友人を見捨てる臆病者になりたいわけじゃない。

どれだけ屈強で、強靭(きょうじん)な相手が立ちはだかろうと関係ない。

困っている人に手を差し伸べる、そんなカッコいい女性になりたかった。

（今動けなくて、何が賢者になりたいだよ！）

ステラは自分自身に言い聞かせて己を奮い立たせる。いつの間にか、彼女の足を縛り付けていた鎖も、腕の震えもなくなっていた。

「テトちゃんは危ないから下がっててね」

「クゥン！」

覚悟を決めたステラの横顔に、テトも安心したように鳴いた。

（僕は自分でも気づかないうちに言い訳をしてた）

自分は平民だから、自分は才能がないから。

そう自分自身に言い聞かせて、安心して、安堵して。

いつまでも現実から目を背ける人生だった。

けれど今日この場で、そんな自分から脱却し決別する。

本当の自分を受け入れてくれた親友を助けるために。

あの時、自分を救ってくれた憧憬に追いつくために。

（だから僕は――）

「上級魔術【烈風八波（シエラスト）】！」

ホーキスはニート——俺に向かって強力な風魔術を放つ。

呼吸が出来なければ防御魔術は発動出来ない。魔道具を取り出す時間もない。何も対抗手段を持ち合わせていない俺は、咄嗟に目を閉じた。

そして俺とホーキスの間に静寂が訪れる。

「……え？」

ホーキスが魔術を放って数秒ほど経っただろうか。

何の衝撃も感じず、俺に彼の魔術が直撃した様子はない。

閉じていた瞳をゆっくりと開けると、

「うっっ!!」

「ステラ!?　なんでここに！」

俺の目の前にはホーキスに背を向け、両手を広げたステラがいた。

俺には傷一つついていない。ホーキスが放った【烈風八波（シエラスト）】からステラが庇ってくれていたのだ。

彼女の表情から、どれだけの苦痛が襲っているのかはすぐに分かった。

「どうして俺を庇って……！」

俺は急いで彼女に治癒魔術を使う。

一瞬で傷は癒え、痛みもとれるはずなのだが、彼女の表情が和らぐことはなかった。あまりの激痛で精神にまで影響が出ているのか、未だに痛覚が彼女を蝕んでいるらしい。

そんな状態の中、ステラはゆっくりと口を開いた。

「ぼ、僕にはニート君が抱えてることは分からない。僕なんかが理解出来るとも思わない」

彼女は瞳に涙をにじませる。

「それでも僕は君が抱えてるものを少しでも一緒に背負いたい。君が背負ってるものを僕にも分けてほしい」

それは彼女の切実な願いだった。

「ニート君が挫（くじ）けそうになるなら僕が支えてみせる。隣に立ってまだ戦えるよって鼓舞してみせる」

「なんで……」

何故そこまでしてくれるのか。不意に俺の口から漏れる。

俺はただの引きこもりで、ステラが思うように凄い人でもなくて。

しかしステラの口から放たれた答えは、いたって簡単だった。

「だってニート君は僕の一番の友達だから……！」

俺の問いに、ステラは屈託のない笑みで応えた。

心臓が跳ね、脈を打ち始める。心が熱く炎々と燃え始める。

それからすぐにステラは俺の両手を優しく握って、

「補助の加護のもとに」

瞳を閉じて魔術の詠唱を始めた。

俺とステラを中心に、幾つもの魔法陣が形成されていく。

「果敢なる者にさらなる勇気を与えん」

これは勇気の魔術。これは逆境に立ち向かう者に贈る唄。

「創作魔術【英雄思想】」

煌々とした光が俺とステラを包み込む。

ステラの温かい魔力が、彼女の手を伝って俺へと流れ込んできた。

これは昨夜、俺がステラにかけてあげた【勇気】に似ている。彼女は【勇気】を真似て行使したのだろう。

けれど魔術の根本は大きく変化していた。俺は彼女を慰めようと、元気づけようとして補助魔術を使った。

しかし【英雄思想】は違う。

慰めも、優しい気持ちも含まれていない。

これは弱さを否定して奮い立たせるための魔術だ。

「ありがとう、ステラ」

もう大丈夫。既に覚悟は決まった。

全ての魔力を使い果たしたステラは、気絶するように意識を失ってしまった。

激痛にも必死に耐えていたため、彼女の中でギリギリ保っていた緊張の糸が切れたのだろう。

俺は彼女を抱きかかえ、少し離れた場所に寝かせる。

「茶番は終わったか？」

「あぁ、おかげでね」

ホーキスは律儀に待っていてくれたようだ。

「こいよ。先攻を譲ってやる」

そう言ってホーキスは煽るように手招きをする。別に俺が舐められているわけでも、軽く見られているわけでもない。

強いて言うなら期待だ。ホーキスはこの戦を楽しんでいた。

なら俺はその期待を超えるまで。

「なら遠慮なく。火の加護のもとに」

俺は再び魔術の詠唱を始める。

「馬鹿なのか？　貴様のふぬけた魔術など効くはずが……………なっ!?」

呆れていたホーキスだが、途中で気づいたのだろう。この溢れるほどの膨大な魔力量に。

俺は自分でも気づかないうちに、自分自身に枷をかけていた。

今まで全力を出したことがなかったため、全力というものを理解してなかったのだ。

そして今日この時。俺はこの一撃に全てを込める。

——勝ちたい。

託してくれたステラの想いに応えられるように。

——強くなりたい。

家族を、国民を守れるように。

——変わりたい。

引きこもりだった自分の殻を破るために。

そして最高の殺潰士になるために——

そんな想いが俺をさらなる段階へと引き上げる。


「合成魔術【英雄之炎(ラグナロク)】！」


「馬鹿な!!　二つの魔術を混ぜるだと……!?」

深紅に染まった俺の炎と、ステラが託してくれた眩い光が混ざり合う。

本来、魔術とは魔力の塊。一つ一つの魔力に特性があり、混ざり合うことはない。そういうはずだった。

けれどステラから預けられた魔力は俺の魔力を優しく包み込み、己の魔術を最高到達点へと押し

上げる。

「いけえええええええぇぇぇぇぇ！」

二人の魔術が混ざり合って生まれた、黄金に光り輝く炎を、俺はホーキスへと放った。

【英雄之炎（ラグナロク）】は大地を焼き焦がしながら突き進む。

「くそがあああああああぁぁぁぁぁ！」

ホーキスも咄嗟に防御結界を展開した。それも何重にも重ねられた多重結界。剣では破壊出来ないと判断したのだろう。彼もこの攻防に全力を注ぐ。

「――ああああああああぁぁぁぁぁ！」

「――おおおおおおおおぉぉぉぉぉ！」

互いに咆哮を上げ、全身全霊を尽くす。

この戦いに高度な策略や戦法はいらない。勝敗のつけ方は単純だ。

どちらの魔術が、魔力量が上回っているか。

そしてステラの想いを託された俺が負けるわけがなかった。

「なっ！　俺の防御結界が――」

【英雄之炎（ラグナロク）】はホーキスの防御結界を全て打ち破り、轟音を鳴らして炸裂した。

その瞬間、世界から音が消え、光炎によって視界は純白に包まれる。

舞っていた粉塵も落ち着き、視界に色が戻り始めた頃には、既にホーキスは立っていなかった。

「勝ったのか？　いや、それよりも……」

俺は勝利の余韻に浸る前に、ホーキスの安否を確認しに向かった。

緑一色だったヴァアル高原だが、その中心は綺麗に穴が空いたように大地が抉れていた。

そして問題のホーキスだが、巨大な穴のすぐ隣の地面に倒れ込んでいた。直撃は免れたらしい。

「良かった無事で……」

「ごほっ、無事なわけがないだろ……常人なら即死だ」

ホーキスは残った僅かな魔力で自身の負傷を治療していた。

「あぁ、負けだ負け。俺の負けだ」

「案外、あっさりと負けを認めるんだな」

「あっさり？　そんなわけないだろう。すぐにでもお前を捻り潰してやりたいわ」

アハハと笑いながら語るホーキスだが、確かにそこには憤怒や未練といったものが含まれていた。

「もう体力も魔力も限界だ。それに俺が負けたところで、この戦が負けになるとは限らないからな」

「え？」

「そもそも俺が単騎の時点でおかしいと思わなかったのか？　他の兵士たちはどこにいるのかと」

「……っ！」

俺は咄嗟にホーキスに向かって拘束魔術をかけようとする。

だが、気づいた時には既に遅かった。

「おい、ナックル。突撃開始だ」

ホーキスは念話の魔術を使って仲間と連絡を取る。彼はただの陽動。仲間は別の場所で用意していたのだ。

しかしそんな緊張も束の間。

「……聞いているのかナックル！　応答しろ！」

徐々にホーキスの勝ち誇った表情が崩れ始めた。

向こう側から反応がないのか、彼は動揺を隠せていない。

「あの、もしかしてその兵士たちってアレだったりする？」

俺はホーキスの背後を指さして尋ねる。

それは少し前から気になっていたことだった。

するとホーキスも恐る恐る、何とか上体を起こして背後を振り返った。そしてある光景を目にする。

「は？　何だあれは」

今日は雲一つない快晴なのにもかかわらず、一か所だけ空が雲によって暗黒に染まっていた。

中心には遠目からでも分かるほどの巨大な竜巻が発生し、何度も雷が走っては轟音を鳴り響かせる。

一言で言い表すなら天変地異。しかしこの事象を自然現象と言うのには無理があった。

俺と同じように呆然としていたホーキスだが、途中で何かに気づいたのか、声を震わせる。

「まさかこの魔術は……賢者か⁉」

場所は移り、ニートとホーキスが戦っている場所から数キロほど離れた位置。

ホーキスの指示を待つイスカル兵二万ほどが、整列して待機していた。指示があれば即座に侵攻を始め、ルーベルクを蹂躙する予定となっている。

そんな中、とある人物が軍のもとへと近づいていく。

「ねぇ、貴方たちがイスカルの兵士で合ってる？」

戦場には似つかわしくかない、凛とした女性の声が高原に響いた。

突如現れた彼女にイスカル兵たちは戸惑う。

「止まれ。貴様何者だ」

二万のイスカル兵をまとめる副将の男が声を上げた。

自分たちがイスカルの兵であると知られている点。現在、アストリアから避難指示が出ているはずの高原で単独行動をしている点。

副将の中でこの女は危ないと警鐘が鳴っていた。

「あれ、私のこと知らない？」

「誰が貴様のことを…………は？」

副将の男は彼女の容姿を隅から隅まで凝視する。

彼女はフードを被っており、顔は見えない。そのフードの隙間から細く長い耳が垣間見えていた。それくらいしか情報は得られなかった。だが、それくらいで十分だった。

「深く被ったフードに、エルフ特有の長めの耳……まさか！　いや、しかし情報ではダンジョンにいるはずでは！」

副将の男は理解したのだ、目の前の女性が誰かということを。

「何故ここに『賢者』がいるのだ！」

「ご名答。褒美に一瞬で殺してあげるよ」

イスカル国にも三英傑の特徴は伝わっていた。

アストリア国の攻略において最も難関なのは三英傑の対処である。

特に勇者と違って、賢者と影の王については容姿についても知られていないため、幹部クラスの兵士には入念にありとあらゆる情報が伝えられていた。

しかし、勇者と賢者はダンジョンに潜っているため不在という情報が入っていたので、副将をはじめイスカル兵たちは、この二人が戦争に参加することはない、とどこか安心しきっていた。

彼女がダンジョンから転移魔術でルーベルクに現れたなどと気づくはずもない。

「風の加護のもとに。以下省略」

賢者は腰に差していた杖を取り出して詠唱を始めた。彼女を中心に幾つもの七色の術式が展開され、さらにはその術式が重なっていく。

兵士たちの中には、彼女の魔術の色鮮やかさに見惚れてしまう者もいた。

これから自分たちがその魔術を食らうなんて、思いもしていなかった。

「退避！　全軍退避だ！」

副将の男は勘付いたのか、急いで後方の兵士たちに指示を送る。その慌てた様子に兵士たちもようやく緊急事態だと理解して、指示通り後退を始めた。

迅速かつ冷静な判断。流石はギルガルド山脈越えを果たしたイスカルの奇襲部隊だ。

しかし、そんな優秀な部隊でも、圧倒的な力の前ではただの羽虫に過ぎない。

「秘儀魔術【暴嵐雷雨(テンペスト)】」

術式が完成した途端、突如、真っ青だった空が暗黒の雲によって覆い尽くされた。

まるでこのヴァアル高原だけが夜であるかのような暗黒。

「なっ、何だと!?」

暗黒の雲から強烈な暴風が巻き起こり、雷鳴が轟く。叩きつけてくる雨は、地面を削るほどの威力を持っている。もはやその規模は一種の気象災害だ。

二万人もの兵士たちが次々と暴風によって、空に浮き上がっていった。そんな体を浮かせるほどの風に対抗する方法などあるわけもなく、見事に彼らの体は宙を舞う。

もちろんただ浮き上がるだけではない。

「ぎゃああああぁぁぁぁぁ！」

「うがあああぁぁぁぁ！」

宙に舞い上がった兵士たちは雷で体を焼かれ、鋭い雨が全身を貫く。

そして最後の仕上げに、

「解除」

賢者は魔術の強制終了を行った。

高く浮き上がった兵士たちはどうなるだろうか。

そう、為す術もなく落ちるだけである。

「「「あああああああああぁぁぁぁぁぁぁ」」」

兵士たちの絶叫がいくつも響き渡った。

【暴嵐雷雨(テンペスト)】を受けてなお、運良く生きている者も中にはいる。なので生存者のあぶり出しとして、自然消滅を待つのではなく、こうして強制的に魔術を解除するのだ。

「はぁ、何度見てもこの光景は嫌だね」

賢者は深いため息を吐きながら視線を落とす。

先ほどまでは雷雨だったはずが、今度は人の雨が降り注いだ。ぐしゃりと何度も鈍い音が鳴っては、赤い鮮血が撒き散らされる。

地獄か、それ以上の残虐な光景だ。しかし二万もの兵士を一人で相手にするには、この方法が最適解であった。

人の雨がやんだところで、賢者は周囲に生存者がいないか魔術で最終確認する。

すると、まだ一つだけ生体反応が残っていた。先ほど兵士たちに指示を出していた副将の男である。

賢者は急ぎ足で男のもとへと向かう。辿り着いた先にいた男は彼女の予想通り、動くことも出来ないほどの傷を負っていた。

彼は賢者を見つけるや否や、悪態を吐いた。

「ば、化け物め……」

「驚いた。まさか私の魔術を受けて生きている人がいるなんて」

空中では防御魔術を張って雷雨を防ぎ、落下させられる瞬間に風魔術で受け身を取ったようだ。

それでも全ては防ぎ切れなかったようで、喋れていることが不思議なくらいには瀕死の状態だった。抵抗する余力すら残っていないだろう。この場から逃亡出来るような状態でもない。

彼自身、死を悟っているのか諦めた表情をしていた。

「私の魔術を受けて生き残ったのは貴方で四人目だよ」

「は、ははっ、それは光栄だな」

「苦しませずに殺してあげる。何か言い残すことはあるかな？」

戦争とは、互いの正義を貫くために命を賭して行うもの。そこに情けは存在しない。

負けたからといって悪であるわけでもなく、勝ったからといって正義であるわけでもない。

男もそれは重々理解しているのだろう。命乞いする様子は一切見せなかった。

「……イスカルの国民を頼む」

「うん、悪いようにはしないよ」

その言葉を聞くと、男は覚悟を決めたのか、瞼をゆっくりと閉じた。

そしてその一秒後には、男の首と胴体は別々の場所に転がっていた。

風魔術で首を一閃。自分が首を切られたことを理解する前に、息絶えただろう。

それから一分ほど経ち、タイミングを見計らっていたかのように、こつこつと一人の足音が賢者のもとへ近づいてきた。

「酷い光景だな。流石の俺でもここまではしないぞ」

「久しぶりだね、ルーグ」

血で染められた真っ赤な高原を前に、ルーグは嫌悪感を示す。

広大な高原には死屍累々（ししるいるい）の光景が広がっていた。

「見せしめにするらしいよ。今、海を渡ってきている二十万のイスカル兵を降伏させるための」

賢者が相手をした二万のイスカル軍は、ルーベルクを陥落させるための奇襲兵だ。

二十万もの兵士が集まる本隊は、船を利用して少しずつアストリアに侵入してきている頃だろう。

「まぁこんなの見せられたら誰でも降伏するわな」

国を守護する三英傑の一人である『賢者』。

そして、国立魔術学院の最底辺クラスの『教師（ルーグ）』。

そのような二人が並んで会話をしているなど、誰が想像出来るだろうか。

「変装してるのによく一瞬で気づくな」

「そんな膨大な魔力を持ってるのは、貴方ぐらいだから」

「エルフは魔力で誰か分かるのかよ。怖い怖い」

ルーグは大袈裟に肩をすくめる。

エルフとは人間とは異なる種族である。珍しい種族であり、エルフが発見されたという報告は世界でもないに等しいほどで、この国でもエルフは彼女しかいない。

エルフは人間を完全に拒絶しているため、滅多に人里に現れないのだ。

なのでエルフに関しては未知の部分が多い。現段階で知られていることは、寿命が人間の数倍あり、魔術適性に優れている。そして一番の特徴は耳が長いということだ。

しかし、彼女自身はその長い耳を引け目に感じているらしく、アレクやルーグなどの知り合い以外にはその素顔を見せようとしない。

普段はフードを被っており、アストリアの国民でさえも賢者の素性を知らなかったりする。

「貴方もアレクの命令でここに来たの？」

「いや、ただ気になって見に来ただけ。それに今の俺は、そこらにいるただの学院の教師だよ」

「あの勇者が教師!?　どうしたの、頭でも打っちゃった？」

「人材育成にも力を入れないといけないからな。それに三英傑の仕事は、お前と影の王がいれば十分だろ」

「それはそうだけれど……」

賢者は目を伏せて表情を曇らせる。

こうして二万人もの兵士を一人で瞬殺してしまうくらいだ。三英傑はあまりの実力に人外と扱われることがある。

特に賢者は人族ではなくエルフということもあり、近づいてくる者もいなければ、気軽に話せる友達も少ない。

同じ三英傑という立場として、ルーグに離れていってほしくないと言ったところだろう。

「それに教師は意外と楽しいぞ。今年は原石揃いだしな」

ルーグはどこか誇らしげに笑った。

それは、勇者をしている時には一度も見せたことのない純粋な笑顔だった。その想いは聞いていた賢者にも伝わったらしく、興味深そうに口にする。

「へぇ、なら私も教師をしてみようかな？」

「やめてくれ。というかお前は生徒側だろうが」

「なっ！　私が生徒側だって!?　何十年生きてきたと思ってるんだ！」

ルーグの物言いに、賢者は顔を赤らめて猛抗議する。

彼女は六十歳ぐらいだ。現アストリア国王より前に生を受け、実にルーグの二倍以上の時間を生きている。

しかし、そこにはエルフの長寿が関係しているため、見た目はまだ二十代前半に見えてしまうのだ。精神年齢で言えば、ルーグと同じか、それ以下かもしれない。だからルーグは「生徒側」とからかったのだ。

「そういえばアレクは何してるんだ？　ルーベルクに来てんだろ？」

「さぁ。また何か悪だくみでもしてるんじゃない？」

二人は悪い顔をしているアレクを容易に想像出来てしまい、互いに苦笑を漏らした。

二人とも三英傑という肩書を得てから十年以上の月日が経っている。

アレクが幼少の頃から接してきており、彼がどういう性格をしているのかは十分に理解していた。

そのため、この戦争がアレクにとってただの序章に過ぎないことも、さらに激化していくということも知っている。

「それよりさっさと移動しないか？　気分が悪くなってきた」

ルーグは不快そうに鼻をつまむ。

今も二人の前には二万の兵士の亡骸が転がっている。既にこの場も死臭に包まれており、立ち話をする場所でないのは確かだった。

「情けない……まぁでもここにはもう用はないね」

「なら久しぶりに飲みに行こうぜ。俺、学院の教師の中で浮いてるから誰も一緒に行ってくれないんだよ」

「嫌だよ。貴方は酒に弱すぎるからいつも私が介抱しないといけなくなる」

「はぁ？　いつの話をしてんだ？」

「なら勝負しない？　思い出させてあげるよ」

「あぁいいぜ。やってやるよ。負けた方の奢りな」

賢者の軽い煽り文句を見事に買うルーグ。

その後二人はルーベルクに戻って、居酒屋で飲み明かすことになる。

勝敗は言うまでもないだろう。ルーグも酒に弱いわけではないのだが、酔いに耐性を持っているエルフの相手になるわけがなかった。

「なっ、二万の軍が一瞬にして壊滅だと……!?」

ホーキスは目を見開いて口を開けたまま固まってしまう。そして緊張の糸が切れたのか、腰を抜かしたようにへたり込んだ。

今度こそ本当に諦めたのか、彼の瞳から反逆の意志は感じられなかった。

とりあえず拘束魔術をかけておこうと、俺はホーキスに近づく。そんな時だった。

「ニート！　大丈夫かい!?」

聞き馴染みのある声が耳に届く。

俺がこれほど安心感を覚える相手は一人しかいない。

「兄さん!?　なんでここに!?」

「ヴァアル高原でイスカル軍との戦闘が起きていると連絡があったんだ。運良く僕もルーベルクにいたから急いで駆けつけたんだよ」

「兄さんもルーベルクにいたの？」

「あぁ、でもまさかイスカル国との戦争が起きているなんて思いもしなかったよ。と言ってももう全部終わってるみたいだけどね」

アレクはさらに奥の高原の方に視線を向けながら言う。

先ほどまで賢者によって天変地異が起こっていた場所だ。

本来なら今ごろ二万ものイスカル軍がルーベルクを踏み歩いていたところを、賢者一人が二万人を相手に守り切った。

三英傑の名は伊達(だて)ではなかった。国の守護者と呼ばれているだけのことはある。

「お前もよくやったなニート。まさかお前がイスカルの兵士を倒すなんて」

「俺は一人で限界だったけどね」

「それでもだよ。お前は兄として誇れる弟だ」

そう言ってアレクは笑いながら俺の頭を撫でてくれた。その手はとても優しく、温かみがある。

兄に撫でてもらったのは久しぶりかもしれない。

そんな中、この場には似つかわしくない俺たち以外の声がボソッと響く。

「ふっ、馬鹿馬鹿しい」

「ん？　何か言った？」

「いや、何も」

俺が尋ね返すとホーキスはそっぽを向いて口を噤む。

ホーキスが何か呟いた気がしたのだが、何を言ったまでかは聞き取れなかった。

「後は僕に任せてもらって大丈夫だよ。ニートは早く彼女をルーベルクに連れて帰ってあげな」

「うん、ありがと」

アレクの気遣いに感謝しながら、俺は倒れていたステラを優しく抱え上げる。彼女が助けに来てくれていなければ、間違いなくホーキスに負けていた。

次に彼女が目覚めた時にはしっかりお礼を言わなければならない。

「無の加護のもとに。創作魔術【転移】」

その瞬間、緑が鮮やかに広がる視界は暗闇に包まれた。

その場に残されたアレクは、倒れているホーキスのもとへと近寄った。

「こっぴどくやられましたね、大丈夫ですか？」

彼の出血部は治癒魔術で治療されており、大きな外傷は見つからない。

ただ、魔力切れが起きているらしく、多少呼吸が乱れており、貧血気味にも見える。ニートとの戦いで全力を使い切ったのだろう。

「白々しいな。全て貴様の目論見通りだろう」

「あれ？　気づいてました？」

「これほど後手(ごて)に回る戦争は、誰かが仕組まないと起こりえないからな」

ホーキスが違和感を覚えたのは、戦争を始める前だった。

何の障害もなく始まる戦争に、現場の軍人が異変を感じないわけがない。そもそも彼はアレクのことを最後まで信頼していなかった。しかし、この戦争は国王の命令によるもの。たとえ軍の最高司令官であれ、国王の意思に背く（そむ）ことは出来ない。

よって、アレクがイスカルの国王を言いくるめた時点でこの戦争の勝敗はついていた。

「それでどうでした？　僕の弟と戦ってみた感想は？」

質問するアレクは興味津々な顔をしている。

ホーキスは落ち着いた口調で、たった一言で簡潔に告げた。

「気色が悪いな」

「はい？」

想定外の返答にアレクは首を傾げる。

「その実力と精神の未熟さが釣り合っていない。いつかどこかで必ず壊れるぞ」

「まぁそのために僕がいるんですけどね」

「……そういうことか。貴様が裏であいつを操って育てていたのか」

「操っていたなんて人聞きが悪い。ただ僕は陰で弟の成長を見守っているに過ぎませんよ」

「貴様も大概だな」

呆れたように、諦めたように。ホーキスは深いため息を吐いた。

そして両手を頭の上にあげ、無抵抗を表明にする。

「もう反抗する力もない。手荒にしないでくれよ」

「はいはい。拘束魔術をかけるんで手を後ろに回してください」

降参の意思を示しているホーキスのもとへ、アレクは近づく。

ホーキスはイスカル国の中で王族の次に権力を持っている。彼を拘束することで色々な情報を聞き出すことが出来るだろう。ここで殺すには勿体ない男だ。

しかし、そのような慢心が戦場では命取りになる。

「なんて言うと思ったか！」

アレクが油断して近づいてきたところを見計らって、ホーキスは立ち上がる。

そして腰に差していた長剣を抜刀し、アレクに向かって突進した。

いくらホーキスがアストリアにとって有用でも、情報を聞き出し終わったら斬首刑は免れない。

ならばここでアレクを殺し、少しでも敵を混乱させて時間を稼ぎながら、一か八かギルガルド山脈越えをするしかない。

ホーキスは最後の余力をこの一撃に込める。

「……っ!!」

対してアレクもホーキスの行動を想定していたのか、後方へと下がりながら咄嗟に魔道具をホーキスに向ける。

それでもホーキスが止まることはない。彼は自分自身に防御魔術を纏わせているため、大抵の攻撃は無効化出来る。それにこの距離は剣士の間合い。見たところ近接武器を所持していないアレクには、逃れる術などない。

ニートとの戦闘でかなり疲弊しているとはいえ、アレクには勝てるという確証がホーキスにはあった。

だからこそ、これから起きる事象は意味が分からなかった。


パンッ！　パンッ！


二回ほど続けて、二人の間で大きな破裂音のようなものが響き渡る。

「……は？」

その瞬間、ホーキスは脱力して地面に崩れ落ちた。アレクにもう少しで手が届きそう、といった距離で顔から倒れ込む。何故か立てない。何故か足に力が入らない。

ホーキスは恐る恐る自分の両足に視線を移した。

「なっ!?　お、俺の足がぁ！」

すると、彼は目を見開いて声を荒らげる。

その右足と左足には、一つずつ綺麗な風穴が空いていた。

「やっぱり視認しないと痛覚って生じにくいんですね。フィクションだと思ってました」

「うぐっ……何だその魔道具は！」

「拳銃(けんじゅう)ですよ。といっても魔術で創ってるので『魔導拳銃』って言った方がいいのかな？」

アレクは自分が握っている魔道具を、倒れ込んでいるホーキスに見せる。

そう、拳銃だ。

この世界での主な遠距離攻撃の手段は魔術であるため、銃器の必要性はあまりなく、未だに発明されていない。

拳銃について何も知らないホーキスは、拳銃から弾丸が放たれたことにさえ気づいていない。

「まさか魔術で拳銃を創るなんて、流石は僕の弟ですよ」

魔導拳銃の仕組みはいたって簡単である。

使用者が引き金を引くと、拳銃に組み込まれた術式が一度に三つ発動するようになっている。

一つ目が弾丸を生成するための岩魔術。

二つ目が弾丸を放つための爆発を生む火魔術。

そして最後に、爆風を増して弾丸を回転させ、威力を上げるための風魔術。

それらの簡単な魔術が組み合わさり、これほどの威力を持つ魔道具が完成する。

「流石にこれはニートには使わせられませんね」

もともとこの拳銃は、ニートが創っていたものをアレクが押収したものだった。

アレクがニートに貸している本に拳銃が出てきたらしく、それを真似て創ったようだ。

普段ならニートの意思を尊重するアレクだが、拳銃は流石に看過することは出来ず、こうして彼が所持している。

「これを使うのは僕だけでいい」

魔導拳銃はこの世界の戦いのあり方を一瞬で崩しかねない代物だ。それにこの魔道具は人の命をあまりにも軽くしてしまう。

アレクが考えるニートの理想像には含まれていないものだった。

「お、俺の防御結界を破るほどの魔道具だと……？」

ホーキスが纏っていた防御結界は大抵の魔術を防ぐ。ニートが例外なだけで、アストリアの王宮魔術師でも結界を貫くのは容易ではない。

そんな防御結界をいとも簡単にアレクは撃ち抜いたのだ。それも小さな魔道具で。

ホーキスにとって、今の状況は信じがたいものだろう。

「僕もまさかこの世界で拳銃を撃つことになるとは思ってもいませんでしたよ。まぁ日本でも撃ったらいけなかったんですけど」

「『にほん』？」

「いえ、こっちの話です」

ホーキスの反芻をアレクは適当にはぐらかす。

しかし、ホーキスの中で積み重なっていた違和感は確実なものとなった。

未知の魔道具に聞いたこともないような名称。

全ての言動が見透かされ、手のひらで踊らされているような感覚。

そこでようやく、ホーキスの脳裏に一つの可能性が浮かぶ。

「お前は誰だ……？　いや、何者だ？」

初めてホーキスの瞳に恐怖が混じった。

目の前の青年はただの第一王子ではない。

もっと違う、人間の範疇(はんちゅう)を超えた別の次元の何かではないのかと。

けれど気づいた時には既に遅かった。

「僕はただのブラコンですよ」

「ぶ、ぶらこん？」

「本気で弟が大好きだってことです。今回の戦争だって弟のために起こしたんですよ」

「は？」

ここで一つ説明をしておこう。

実はアレクは重度のブラコンだ。

普通なら出来のいい弟に兄は嫉妬するものだろう。しかし、アレクは規格外の弟に憧れた。いや、ファンのような感情を抱いた。

自分はニートを守るために生まれてきたのだと思うくらいには惚れていたのだ。

だからこそアレクは毎日必死に努力した。弟に釣り合う自分でいるために、影に隠れようとする弟を照らす光となるために。

そうして生まれたのが、今の完全無欠のアレクだ。

そんなアレクをニートは尊敬しており、アレクもニートに惚れている。

両想いと言っては語弊が生まれそうだが、二人はもちつもたれつの関係だったのだ。

「僕の弟、死ぬほど強いんですよね。なのに謙虚で、自分の力に溺れない。そんな英雄のような姿が最高なんですよ！」

アレクはまるで自分のことのように嬉々として語る。

「そんな弟の英雄譚を作るため、兄として何か出来ることがないか考えて、今回は戦争を起こしました」

「な、な、な……」

ホーキスは何か言おうとするものの、言葉が喉を通らなかった。

到底理解出来ない。意味が分からない。

戦争を起こした？　兄として？　英雄譚？

「実際、イスカルの象徴とも言える貴方を倒せたので、序章にしては十分すぎる結果になりましたね」

アレクは酷薄な笑みを浮かべてホーキスを見下ろす。

彼は弟のためなら悪魔にだってなる。

残虐で非人道的な行為だって、全て自分が行う。

ニートには何も深く考え込まずに、楽しい日々を送ってほしかった。

それが兄としての想いであり、アレクの生きがいだから――

「じゃあ僕たちも終わらせますか」

言い終えると、アレクは銃口をホーキスの額に突き付けた。

死という冷たい感覚が、銃口を通してホーキスに伝わる。

ホーキスは先ほど拳銃によって二か所も撃たれている。このアレクの行為が何を意味するかは容易に想像出来た。

「おい、やめろ……」

ホーキスの声が弱々しく掠れる。

「ど、奴隷にでも何でもなってやる！　だから殺すのだけはやめてくれ！」

イスカルの総大将となるほどの男だ。実力は三英傑には及ばないものの、アストリアでも五本の指には入れる実力を持っている。

仲間になってくれるのであれば、大きな戦力となることは間違いない。

「うーん、敵キャラが仲間になる展開は、僕としてはありだと思うんですよね」

「そうか！　なら――！」

ホーキスはパッと表情を明るくした。

しかし、次のアレクの言葉で、彼の表情は一瞬で絶望に染まることになる。

「でも今回は色々事情があるので退場してもらいます。ってことでお疲れ様でした」

ホーキスの希望をアレクはあっさりと断ち切り、拳銃の引き金に指をかける。

「や、やめろおおぉぉ――」

ホーキスの断末魔の絶叫を遮るように、アレクは躊躇なく拳銃の引き金を引いた。

アレクの仕組んだイスカル軍との戦争が終わって、三日ほど経った。

戦後処理はかなり長引くようだが、ある程度は落ち着きを見せている。

まず最初にイスカル国について。

あの後、王都『アスラ』を攻めるための二十万のイスカル兵は、すぐに無抵抗で降伏した。

大きな理由としては二つ。

一つ目は賢者による惨劇を見せられ、さらには国内最強と謳(うた)われたホーキスが討ち取られたため。

二つ目は戦う理由がなくなったためだ。

何故なら既にイスカル国が、アストリア国によって滅亡させられていたからだ。

二十二万の兵とホーキスを使ってアストリア国を侵攻しようとしたイスカル国は、自国を守る兵の数が普段と比べてかなり手薄となっていた。

その隙に三英傑のうちの賢者と勇者、さらにアレク率いる少数精鋭(せいえい)で王都を攻め落とした。

本来なら数十万以上の兵を必要とする国落としを、アレクたちはたった百人程度で成し遂げたのだ。

そこには賢者や勇者の圧倒的な実力も含まれているが、一番の功績はニートが生み出した転移魔術であろう。

転移魔術は昔から研究されていたが、未だに発明されていない空想上の魔術である。

術式の難しさや構造の複雑さから、人間には使えないものだと考えられていた。

しかし、そんな魔術をニートがいとも簡単に創ってしまったのだ。それも、出自もよく分からない作り話の本から。

アレクはニートから転移魔術の仕組みを教えてもらい、魔術師の頂点に立つ賢者に覚えさせたというわけだ。

転移魔術のおかげで、ソフィアの【瞬間移動（テレポート）】では行けなかった場所に、大人数で移動出来るようになった。さらに、アレクたちは一度イスカル国の王城を訪れているため、王城に直接転移することが可能なのだ。

アストリア国の最高戦力が一度に王城に現れる。こうなってしまえば、たとえイスカル国であろうと対抗する術はない。

それにイスカルの国民は圧政に苦しんでいたため、王族に対してかなりの不満が溜まっていた。

王族さえ処分すれば、後は国民や兵士たちを相手にすることなくすんなりと事が進んだ。

これがイスカル国滅亡までの簡単な流れである。

これからイスカル国はアストリア国が直接管轄する領地、いわゆる植民地になることだろう。

しかし、植民地支配もそう長くは続かない。たとえイスカルの国民の大多数がアストリア国に併合（へいごう）されることを望んでいてもだ。他国に支配されているという屈辱は、いずれ戦乱の火種となる。

もちろんアレクが対策を考えていないはずがない。

アレクはイスカルの王族を根絶やしにしたわけではなかった。前国王の甥(おい)の子供にあたる少年を保護していた。

年齢は五歳。まだ物事の判断はついていない歳であり、良い意味で王族としての矜持(きょうじ)もない。ただそこにはイスカルの王族の血が確かに流れている。

数十年後、彼が大人へと成長したらイスカルの国王に即位してもらい、アストリア国はイスカル国と同盟国として友好な関係を築いていく。

それが、アレクが考える最高の顛末だった。

イスカル国の話はこれぐらいで良いだろう。

現在のニートたちに話を移そう。

◆◆◆◆◆◆◆

ニート――俺たちは、王都への帰路につくために、馬車乗り場に集まっていた。

俺は帰りも来た時と同じように、馬車の荷台を飛ばして帰るのだと思っていた。だが、帰りぐらいはのんびりすればいいのではないかという話になり、普通の馬車に変更になったのだ。

ある生徒曰く、もう二度とあんな死ぬような思いはしたくないとのことだ。

俺としては空を飛んでさっさと帰った方が楽なのだが、反対意見があるのであれば仕方がない。

それに高所恐怖症の者からすれば、空の旅は心労が絶えないだろう。

「はぁ、もうルーベルクともお別れか」

「もう五日も経っちゃったんだ」

隣にいるロイとステラは、ルーベルクの景色を見ながらどこか寂しげに口にする。

「俺、ここに来て何もしてないんだが」

確かに俺以外のEクラスの生徒たちは、充実した五日間だっただろう。

しかし俺はホーキスと戦った後、事情聴取やら何やらで、一番の醍醐味である国立魔術研究所の見学の機会を逃してしまったのだ。

「いやいや、ニートはこの街に潜伏していたイスカル兵を倒したんだろう？　私も出来るならステラ君みたいに君の雄姿を見てみたかったよ」

「僕も全部見れたわけじゃないんだよねー。着いたらすぐに気絶しちゃったし」

あの後、ステラは数時間もすれば意識を取り戻した。魔力枯渇の後遺症もなく、次の日からはロイたちと元気にルーベルクの観光を楽しんでいた。

彼女の体に何も影響はなかったが、危険に晒してしまったのは事実。俺は二人きりの時に何度もステラに謝った。すると彼女はジト目を俺に向けて、

『十回謝られるより、僕としては一回の感謝の方が嬉しいんだけどね～』

と、わざとらしくチラチラと俺の目を見ながら口にした。

確かに彼女に言われるまで、俺はずっと謝ってばかりで、お礼は一度も言ってなかった。

『あ、ありがとう。ステラ』

『どういたしまして！』

俺が感謝の言葉を述べると、ステラは屈託のない笑みを浮かべていた。

それが二日前のことである。

「そういえば、どうしてあの時ステラは俺の居場所が分かったんだ？」

これに関しては、ずっと気になっていたことだった。

俺は誰にも迷惑をかけないように、一人でこっそりとホーキスのもとへ向かった。ルーベルクからヴァアル高原まではある程度離れており、そこから俺を見つけるのは至難の業のはずだ。

「テトちゃんが教えてくれたんだ」

「こいつが？」

俺は自分の頭上でぐでーんとしているテトを指さす。

最近はこの位置にハマっているのか、よく俺の頭の上でうつぶせになっている気がする。見晴らしでも良いのだろうか。

かなり歩きにくく、人の目も引くので普通に歩いてほしいのだが、テトには無理な話だった。

俺が言うのもなんだが、テトはだらしなく、疲れることをしようとはしない。だが、自分から歩こうとしない獣など聞いたこともない。

「うん、僕をニート君のもとに連れてきてくれた後は、どこかに隠れてたみたいだけど」

まさかテトがステラを連れてきてくれたとは思ってもいなかった。

少し変わった獣だとは薄々気づいていたが、もしかするとかなり知能が高いのかもしれない。

まぁそれも、普段のだらしない行動を見ていれば、ただの勘違いに思えてくる。

「お前ってホントは凄いのか？」

「クゥン」

テトはいつもの気だるげな鳴き声を返してくる。

どちらにせよ、テトに救われたのは事実だ。テトにも感謝しなければならない。

「テトもありがとな」

「キュウン」

テトはまんざらでもないように返事をした。

「そういえば、王都に帰ったらすぐに夏休みだけど二人は何か予定はある？」

俺は何気なくロイとステラに聞いてみた。王都に帰って一週間もすれば、一学期の終業式が行われる。それからは夏休み。学院の授業がない期間が一か月ほどあるのだ。

「私はさらに自分の腕を磨きたい。今のままではまだまだ目標には程遠いからね」

「僕も同じかな！　今回の研修で色々自分のやりたいことが定まったし！」

二人は心の中で燃える闘志をあらわにする。

この五日間の研修で、さらに顔つきが変わったように見える。

「ニート君は？」

ステラは興味津々に聞き返してくる。

「ん？　俺は家に引きこもり……」

そこまで口にして、俺は喉まで出かけた言葉を呑み込む。

これまでの俺なら迷いなく口にしていた言葉。でも今は何かがつっかえて声に出せない。

この数か月で俺は多くのことを学んだ。

殺潰士としての使命や、王族としての立場など色々なことを実際に肌で感じた。

そのため断言出来る。今のままでは駄目だと。

イスカル兵一人相手にあれほど苦戦するのであれば、国民はもちろん、自分の大事な家族や友人さえ守れない。

「俺もこの夏休みは頑張ってみようかな」

頑張ることをしたくない俺にとっては、皮肉な話だろう。

けれどこの段階で、強くなることは俺のやりたいことの一つになっていた。

それを聞いて、ロイとステラの二人は口を開けたまま固まっていた。

俺が頑張ってみるなどと言うのは意外だったのだろう。けれど、すぐに嬉しそうに微笑んだ。

「なら三人で協力して頑張ろうじゃないか！」

「そうだね！　力を合わせれば効率も上がるよ！」

ロイは王の聖剣（グラディウス）になるために。

ステラは賢者になるために。

そして俺は殺潰士になるために。

それぞれが自分の夢や目標に向かって気持ちを新たにする。

「でも、その前に数日は休暇を取らないか？」

「それもそうだね！　最近は色々あってまともに休めてなかったし」

「そうとなれば私の家が打ってつけだ。一番大きな温泉を準備しておくよ」

ロイの太っ腹な発言に、俺とステラは「おぉ！」と歓喜の声を上げる。

「おいお前ら。早く乗らないと置いて帰るぞ」

はしゃいでいるとルーグ先生に呼ばれ、俺たちは急いで馬車へと向かう。

「ほら、ニート君！　早く！」

「まぁニートなら置いて帰られても、そのまま飛んで帰りそうだけどね」

俺の先を走るステラとロイは、後ろを振り返りながら俺の名前を呼ぶ。

そんな二人の後を追いかけながら、俺は独り言のように小さく呟いた。

「外も案外捨てたもんじゃないな」

俺の考えは今も昔も変わらない。

やっぱり俺は引きこもっていたいし、家でダラダラしていたい。

だからこそ、俺はこれからも努力をしなければならない。

家族を、国民を、自分の力で守れるぐらい強くなるために。そして何の心配事もなく最高の引きこもり生活を送るために。

これは俺が最高の引きこもりになるまでの物語ではない。

これは俺が仲間たちとともに紡ぐ、最高の穀潰士になるまでの物語だ――

エピローグ

ニートたちがルーベルクからの帰路についている頃。

アレクはというと、大陸中央の国『バルバトス』に足を運んでいた。

「すみません～、遅れてしまって」

アレクは悪びれる様子もなく、にこやかな表情で一つの部屋に入る。彼の後ろには護衛として賢者が付いていた。

二人がバルバトスに赴いた理由。

それは円卓会議に参加するためだ。

円卓会議とは、五大国の第一王子たちが集まって話し合う会議。本来は国王同士が話し合うべきなのだろうが、真に権力を持つ大人たちが集まればすぐに戦争になりかねない。

そのため、最終決定権を持たない王子や王女に、話し合いを代行させせようと始まったものである。

「ままごと」と揶揄する声もあるものの、この会議で決まることは意外に多い。

今回の招集理由は言うまでもない。

イスカル国滅亡の責任追及と今後の方針決めだ。

「あれ？　イスカル国の第一王子がいませんね？　どうしたんでしょう」

「黙れアストリア、貴様のおふざけに付き合っている暇は俺たちにはない」

「テラロッサはつれないですね。まぁ良いですけど」

南の国『テラロッサ』の第一王子の鋭い視線を、アレクはさらっと受け流す。そして用意されていた椅子に深く腰をかけた。

机を囲うように、五つの席が用意されている。

席はいずれも五大国の第一王子のためのものだ。


中央国、バルバトス。

東国、アストリア。

南国、テラロッサ。

西国、イブラード。


当然ながら、北国のイスカル国の席だけは空席だった。

王子たちの背後には一人ずつ護衛が立っており、アストリア国の場合、三英傑の賢者だ。

アレクが席に座ったことを確認すると、一人の女性が口を開く。

「アストリアよ、今回のイスカル滅亡の件は協定違反だ。何か弁明はあるか？」

彼女は大陸の中央国であるバルバトスの第一王女。威厳と風格があり、さらに最も権力を持っているといっていい。

この場での発言権は全て彼女が優先される。それほどこの大陸でのバルバトスの地位は高かった。

「違反？　僕たちが何をしたって言うんですか？」

「見ての通りだ。お前たちはイスカル国を滅亡に追い込んだ」

彼女は空席を顎で示し、アレクを厳しく糾弾(きゅうだん)する。

もちろんこういった反応をされるのはアレクも想定済みだ。

「先に仕掛けてきたのはイスカル国ですよ。正当防衛になるはずですが何か？」

「それでもだ。あそこまでやる必要があったのか」

「だって貴方たちが同じ立場なら、あれぐらい余裕でやってたでしょう？」

「「「…………」」」

アレクの返しに、三人は言葉を詰まらせる。

これはいわゆる嫉妬だ。何故イスカル国は自分たちの国を攻めなかったのかと、アストリア国を羨ましく思っているのである。

他に何か難癖を付けようとも、アレクは平然と正論を返してくる。それは三人とも分かっていることだった。

「はぁ……分かった。もう腹の探り合いは終わりにしよう」

このままでは埒が明かないと判断したのだろう。

バルバトスの王女は険悪な空気を断ち切るように言う。

「最後に一つ聞かせたまえ」

「何です？」

「どうしてイスカル国を狙った。あの田舎のゴミを狙ったところで貴様の国には何も利益はないだろう」

バルバトスの王女は意味が分からないと言いたげに尋ねる。それは残りの二国も不思議に思っていたことだった。

イスカル国を滅亡させて、アストリア国が圧勝したように見える。

だが、実際はアストリア国が、食料不足の土地を抱えて被害を受ける。イスカル国は戦争に負けたが、別の形で一矢報いたと言える。

このままでは大量のイスカルの国民を扱いあぐね、アストリア国も食料難で道ずれになるだろう。

すると、アレクはあっけらかんと言った。

「まぁ、ギルガルド山脈にどでかい穴を空けて物流を通す、って目的もありますけど……」

「「「なっ⁉」」」

三人は絶句してしまう。

あれほど大きな山脈に穴を空けることなど絶対に不可能だ。たとえ可能だとしても、どれだけの労力と費用が必要になるのか。何十年とかかる計画になるかもしれない。

しかし、もし本当にそれが可能になるのであれば、話は変わってくる。

この大陸の経済状況が一変してしまうだろう。食料難も自然に解消される。

「けど、だと？　他に何かあるというのか……？」

バルバトスの王女はアレクの最後の言葉を聞き逃さなかった。

対してアレクは、待ってましたと言わんばかりの表情で言う。

「えぇ、一番の理由は……」

アレクの答えを三人は固唾(かたず)を呑んで見守る。

しかし、彼から出てきた言葉は――

「秘密です」

「「「は？」」」

「ここで言ってしまえばネタバレになるじゃないですか～！」

呆然とする三人に対して、アレクはあどけなく笑った。アレクの一番の目的は、何を隠そう弟(ニート)のためだ。

だが、ここで三人にニートのことを告げるのは時期尚早(しょうそう)である。

「『ねたばれ』というものが何かは分からないが、話す気がないことは分かった」

バルバトスの王女は呆れたように視線を落とした。

けれど、すぐに改めてアレクの瞳を捉え、

「であれば、それは私たち三国への宣戦布告と捉えても構わないな？」

と覇気が含まれた言葉で彼女はアレクに問う。

「おい、バルバトス。それはあまりにも論点がすり替わっているんじゃないのか？」

「そうですねぇ。ちょっとこじつけが過ぎるのではありません？」

傍観していたテラロッサの王子とイブラードの王女は、彼女を落ち着かせようとする。

その会話は、自分たちがするにはあまりにも重大で責任が取れるようなものではなかったからだ。

次の世代を担う次期国王だからといって、開戦の合図を鳴らしていいわけがない。それを決めるのは今の時代の国王たちだ。

なのにアレクは特に構えるわけでもなく、あっさりと告げた。

「はい、それでいいですよ」

「「「っ⁉」」」

アレクの答えに、会議室に張り詰めた空気が漂う。

その瞬間、確実に歴史が変わった。

この場にいる者たちはそれを肌で感じていることだろう。

「アストリア。貴様にそんな発言をする権利はないだろう」

「宣戦布告なんて軽々しく言っていいものではないわぁ」

テラロッサの王子とイブラードの王女は、慌ててアレクに前言撤回を求める。

「いえ、僕の意見は国の意見ですから。現アストリア国王からも承諾は得ています」

「「「――――っ！」」」

「別に故意に他国を襲うつもりはありませんよ。ただ、僕の目的の障害となるなら全力で叩き潰すというだけです」

そもそもアレクの真の目的は、ニートの英雄譚を隣で見ること。

彼にとって他国との戦争は手段に過ぎない。

「では、本日の議論は終わったと思うので、僕は一足先に帰らせていただきます」

「おい、待て――」

バルバトスの王女は、立ち上がったアレクを留めようと声を上げる。

しかしアレクはそんな彼女の制止を振り切って、そのまま護衛の賢者とともに会議室を出た。


会議室から出て少し歩くと、彼は隣を歩く賢者に指示をする。

「賢者。転移魔術を使う」

「どこに飛ぶの？」

「玉座の間だ。色々と父上に報告する」

「分かった」

転移する場所が決まり、賢者は転移魔術の詠唱を始める。

アレクもはじめは転移魔術を覚えようと試みたが、あまりの難度に自分には不可能だと判断した。詠唱を始めてから一分ほど経ち、ようやく準備が完了した。今の賢者でも転移魔術の詠唱の省略は出来ないのだ。

「行くよ」

その瞬間、二人の視界は真っ暗に染まった。

再び視界に色が戻り始めた時には、目の前に玉座の間が広がっていた。

「じゃあ、私はここで」

そう言って賢者は玉座の間から下がる。

ここからは国王と第一王子による王族の会話。賢者でさえも傍聴は許されない。

「帰ったか」

国王のグレイは玉座に深く腰をかけていた。報告を聞く準備は既に出来ているようだった。

「では、円卓会議であった出来事についてお話しします」

それからアレクは先ほど円卓会議で起きたことを、グレイに詳細に伝えた。

全て聞き終えると、国王のグレイは当然のごとく頭を抱えた。

「はぁ……また色々としでかしてくれたな」

「あっはっは、こうなるとを分かって円卓会議に僕を行かせたのは父上でしょう?」

「それはそうだが、流石の私でも息子が宣戦布告をしてくるとは思うまい」

見透かしたように笑うアレクに、グレイは苦笑する。

普段ならそこで他愛もない会話として、この話は終わっていた。

しかし、今日はアレクがそこからさらに一歩踏み込んだ。

「僕は感謝しているんですよ」

「急にどうした？　突拍子もなく」

突如、話の脈絡がなくなりグレイは眉をひそめる。

「光が一切届かない暗闇の中で僕はずっと孤独でした。誰も味方してくれず世界からも疎外(そがい)されて僕は絶望していた。そんな世界から僕を父上は救ってくれたんです」

「…………」

アレクは表情を歪め、強く拳を握り締める。

孤独で、世界から疎外されていて。

どの言葉も今のアレクからはかけ離れていた。現生徒会長であり、第一王子でもある彼の周りにはいつも誰かがいて笑顔が絶えない。

ならその言葉はどこから来たものなのか。

「別に嫌味で言っているわけじゃありませんよ。本心から感謝しているんです。この世界に転生させてくれて」

『転生』。この世界で使われることのない言葉が強調されて響き渡る。

「『転生の儀式』。この世界で最も禁忌とされている行為です」

転生の儀式とはその名の通り、この世とは異なる別の世界から魂を顕現させる儀式のことである。

別の世界で魂を消耗することなく逝った者、いわば不慮の出来事で早死にした者を呼び寄せ、まだ魂の宿っていない胎児に移す。

当然、別の世界の魂であるため、今ある世界にどのような影響が出るか未知の部分が多い。

そのため、転生という概念はこの世界では禁忌として扱われており、今ではその言葉を知らない者が大多数を占めている。

「それをアストリアは代々二百年ごとに行ってきた。だからこそ、大陸の端の国であり軍備も整っていないのにもかかわらず、未だに生き残っている」

アストリアが発明の国である所以(ゆえん)は、転生の儀式にあった。

二百年ごとにあらわれる転生者が、その時代で出来る限りの発展をさせる。

例えばリドリック家の娯楽施設や温泉などがそれに当てはまるだろう。

「その件に関しては……」

グレイは途中で口ごもってしまう。

これはグレイが一生背負うべき業(ごう)であり、墓場まで持っていくと決めた秘密である。

アレクは転生の儀式のことを自力で調べたのだろうが、グレイはこのことをアレクに告げたことはなかった。

あわよくば、前世の記憶を持ったまま偶然生まれ変わったと思わせたかったのだ。

「父上が本当に僕を愛してくれているのは知っています。僕を転生させたことが正しかったのか苦悩しているのも知っています」

それに関しては事実であった。

グレイはアレクに対して転生者であることなど関係なく、我が子として接していた。転生者の知識や力を要求することなく、自分の息子として愛情を注いでいた。

それはアレクにも伝わっており、転生させてくれたことを感謝するとともに、グレイのことを、それこそ実の父のように信頼していた。前世があまりにも地獄であったというのもあるだろうが。

「だからこそ、僕は父上に恩返しがしたい。皮肉ですよね」

アレクは思わず苦笑を漏らした。

グレイとしてはアレクには自由に生きてほしかった。転生者としてこの国の道具にならず、一国の王子として。

しかし今のアレクは、国のために動いている。それこそ理想的で完璧な転生者として。

すれ違ってはいるが、互いに互いのことを想ったがゆえの行動だった。

「僕もこの国の闇を背負います。この儀式を父上の代で終わらせるために」

「アレク……」

これまでアストリアは五大国の中で最も劣勢に立たされていた。

大陸の東端であり、土地が狭い。そして発明の国であるからか、自由人が多い。

それは研究などの創造的な分野には必要なことだが、一方で団結力には欠け、個々は強くとも国力には繋がっていなかった。

転生の儀式を用いて異世界の知識を利用してきたのは、その地力の弱さを補う意味合いも大きかった。

そんな時代をアレクは終わらせようとしている。

「まぁ本当は、ニートが英雄になる姿を見たいってのが一番なんですけどね」

アレクは、彼らしからぬ不敵な笑みを浮かべる。

彼自身、グレイに感じている恩と同じぐらい、いや、それ以上にニートには期待を寄せていた。

「ならば、ニートにとって誇れる兄であるために、あまり道を踏み外してほしくはないものだ」

その点に関してだけがグレイにとっての懸念だった。

幼少期から闇の世界に触れてしまえば、自分のように、いつかアレクも道を踏み外すのではないかと。

「気を付けますよ。でも、そのための英雄ですから」

「――っ!!」

そんな父親の心配に対して楽観的に笑うアレク。

グレイは胸が締め付けられるような思いがした。

何故なら、アレクの謎めいた言葉の意味を理解出来たから。それが近い将来、何をもたらすのかも。

「じゃあ、そろそろ元の話に戻りましょうか」

そこで一度二人の会話は終わり、元の話題へと戻った。

「次に狙う国はどこにします？」

「……次の標的はテラロッサだ」

南国テラロッサ。別名『決闘の国』。

全ての決断を決闘の勝敗で決めるという、独特な風習を持つ国だ。決闘裁判などが有名だろう。決闘の勝敗で刑罰が酌量(しゃくりょう)されたりする。

玉座でさえも血筋に関係なく、その時代で最も強き者が座る。当然、国民も血気盛んであり、あまり民度が高いとは言えないため、観光には向いていない。

「テラロッサですか。あそこは難しいんですよね」

アレクは考え込むように眉間にしわを寄せる。

「そうだろうな。五大国の中で一番面倒と言ってもいい。そのため早く狩る必要がある」

テラロッサを攻略するのが難しい理由は大きく二つある。

一つ目は先ほども言ったように、決闘の国であるためだ。

軍事国のイスカルは五大国の中でも一、二を争う軍事力を持っていた。そんなイスカルを攻略出来たのなら、テラロッサも余裕なのでは？　と思うかもしれない。

しかしそれは大いに間違っている。

イスカルは軍事国であっても、国民の士気は低かった。軍部さえ抑えれば国民は無抵抗だった。

だが、テラロッサはそうはいかない。

テラロッサは軍だけではなく、国民さえも敵となる。しかも決闘の国だ。国民の戦闘力の水準も高い。

「うちと相性が悪いですからね」

二つ目の理由は、アストリアとテラロッサの相性が絶望的に悪いということだ。

アストリアは発明の国だ。戦闘職の八割を魔術師が占め、魔術大国と呼ばれることもある。

それと対極にあるのが決闘の国のテラロッサだ。剣士と拳闘士が戦闘職の九割を占めており、超近接型の武闘派集団である。

遠距離型のアストリアと近接型のテラロッサ。

ひとたび戦火を交えれば泥沼化し、双方に大きな被害が出ることは目に見えている。無計画に戦争を仕掛けるのは得策ではないだろう。

「何かきっかけがあればいいんですけどね」

ボソッと呟いたアレクの言葉はすぐに空気に溶けて消える。

グレイとアレク。二人が生み出す影は、いずれ大陸全土を巻き込んでいくことになるのだった。

追放された【助言士】の
ギルド経営
1・2
不遇素質持ちに助言したら、化物だらけの最強ギルドになってました
柊彼方
Hiiragi Kanata
第14回アルファポリス
ファンタジー小説大賞
大賞
受賞作!
たった一言でポンコツたちをS級に育成!?
助言だけで最強!
最強の冒険者ギルドを、陰から支えてきた【助言士】のロイド。彼は人の隠れた素質を見抜くことが出来、的確な"助言"で多くの才能を開花させてきた。しかし、不幸にも用済み扱いを受け、追放されてしまう。そんな彼の運命が、D級魔術師・エリスとの出会いで変わり出す。一見何の才能もない彼女だが――なんと初級魔術【ウォーターボール】を極めし者だった!? やがてロイドは新たなギルドを立ち上げる。それは不遇な素質持ちばかりを集め、才能を発掘しようというもの。助言の力で、どんなポンコツでも最強に! 底辺ギルドの大逆転ファンタジー、開幕!
◉各定価：1320円（10%税込）
手をつないだ時だけ強くなる
奇跡の双子鬼!
コミカライズ企画進行中!
◉Illustration：kodamazon

Tsuihou sareta "Jyogenshi" no Guild Keiei....
追放された【助言士】のギルド経営
不遇素質持ちに助言したら、化物だらけの最強ギルドになってました
Hiiragi Kanata
原作 柊彼方
Kaihara Reon
漫画 貝原黎音
たった一言でポンコツたちをS級に育成!?
最強ギルドに成り上がれ！
コミカライズ大好評連載中！
（毎月第4水曜日更新）
こんなところでクソギルドのネズミが何してんだぁ？
ネロ!?
そんな人たちを集めて最強のギルドを創ろう!!
私の成長を見てから考えてくれませんか？
コミックス1巻
11月刊行予定！
ALPHAPOLIS WEBMANGA
アルファポリス WEB 漫画！

タジリユウ
Yu Tajiri

甘党エルフに酒好きドワーフetc…

気の合う異種族たちと
まったりアウトドア生活!!

大自然・キャンプ飯・デカい風呂――
なんでも揃う魔法の空間で、思いっきり食う飲む遊ぶ!

『自分のキャンプ場を作る』という夢の実現を目前に、命を落としてしまった東村祐介、33歳。だが彼の死は神様の手違いだったようで、剣と魔法の異世界に転生することになった。そこでユウスケが目指すのは、普通とは一味違ったスローライフ。神様からのお詫びギフトを活かし、キャンプ場を作って食う飲む遊ぶ!　めちゃくちゃ腕の立つ甘党ダークエルフも、酒好きで愉快なドワーフも、異種族みんなを巻き込んで、ゆったりアウトドアライフを謳歌する……予定!

◉定価：1320円（10%税込）　ISBN978-4-434-32814-5　◉illustration：宇田川みぅ

この作品に対する皆様のご意見・ご感想をお待ちしております。

おハガキ・お手紙は以下の宛先にお送りください。

【宛先】

〒150-6008 東京都渋谷区恵比寿4-20-3 恵比寿ガーデンプレイスタワー8F
（株）アルファポリス　書籍感想係

ご感想はこちらから

メールフォームでのご意見・ご感想は右のＱＲコードから、
あるいは以下のワードで検索をかけてください。

本書はWebサイト「アルファポリス」（https://www.alphapolis.co.jp/）に投稿されたものを、改稿、加筆のうえ、書籍化したものです。

天才第二王子は引きこもりたい
～【穀潰士】の無自覚無双～

柊彼方（ひいらぎかなた）

2023年　10月　30日初版発行

編集－矢澤達也・芦田尚
編集長－太田鉄平
発行者－梶本雄介
発行所－株式会社アルファポリス
〒150-6008 東京都渋谷区恵比寿4-20-3 恵比寿ガーデンプレイスタワー8F
TEL 03-6277-1601（営業）　03-6277-1602（編集）
URL https://www.alphapolis.co.jp/
発売元－株式会社星雲社（共同出版社・流通責任出版社）
〒112-0005 東京都文京区水道1-3-30
TEL 03-3868-3275
装丁・本文イラスト－ぺんぐぅ
装丁デザイン－AFTERGLOW
印刷－中央精版印刷株式会社

価格はカバーに表示されてあります。

落丁乱丁の場合はアルファポリスまでご連絡ください。

送料は小社負担でお取り替えします。


ISBN978-4-434-32484-0 C0093